JUSTIN CASE

BONS BAISERS DE MOSCOU

Jean-Luc Bizien

Justin Case

Bons baisers de Moscou

YOUNG ADULT

french pulp éditions

49, rue du Moulin-de-la-Pointe
75013 Paris
Tél. : 09.86.09.73.80
Contact : melie@frenchpulpeditions.fr
www.frenchpulpeditions.fr

ISBN : 979-10-251-0669-3
Dépôt légal : novembre 2019

Maquette intérieure : © French Pulp éditions
Couverture : © French Pulp éditions

Pour mes parents et mes fils,
avec tout mon amour.

Il sera toujours question de valeurs
et de transmission.

Je m'appelle Justin.

Justin Case, pour être précis, mais vous le savez déjà puisque vous avez ce livre entre les mains... et que mon nom s'étale sur sa couverture.

Que puis-je vous apprendre à mon sujet ? Disons, pour faire court, que je suis né à la fin des années 90 et que je n'en conserve pas de souvenir marquant. C'est une décennie qui, si elle a vu naître la Russie, a été bouleversée par de nombreuses guerres (dans le désordre : Koweït, Tchétchénie, Rwanda, Yougoslavie et j'en passe, toutes aussi atroces). Dans le même temps, l'ordinateur s'est imposé dans de nombreux foyers et on a développé le *World Wide Web* que tout le monde appelle aujourd'hui Internet. On a vu apparaître le grunge, la house, la techno. Et surtout on a enfin tourné le dos aux années 80 – vous savez, cette période étrange au cours de laquelle les coiffeurs se sont mis à couper les cheveux comme s'ils étaient sous l'effet de puissants hallucinogènes, les couturiers à employer les outils et les couleurs du bâtiment et les musiciens à découvrir les méfaits de la boîte à rythmes et du synthétiseur.

Cela dit, j'ai échappé comme vous à la plupart de ces fléaux et je m'en réjouis.

Bref.

Je m'appelle Justin Case, j'ai un peu plus de 20 ans et je suis riche.

Très riche.

Je suis également orphelin. Les deux informations sont étroitement liées, puisque j'ai hérité de la fortune colossale de mes parents.

La vérité, c'est que l'on a tué ma mère, avant de faire accuser mon père... Je suis, depuis ce funeste jour, à la recherche des véritables coupables. Comme vous pouvez vous en douter, cette enquête est complexe. J'y emploie le plus clair de mon temps, j'y investis une grande partie de ma fortune.

Je parcours également le monde, pour venir en aide à ceux qui en ont besoin.

Ceux que la justice a oubliés.

Ceux qui, comme mon défunt père, ont été victimes d'erreurs de jugement. Mon rôle consiste à les innocenter. Je rouvre les dossiers, je reconstitue les affaires, je recherche des preuves. Mais rassurez-vous : je ne suis ni un justicier ni un de ces *caped heroes*, comme on dit chez moi. J'ai le sens des réalités, je laisse le job à Batman ou Jason Statham (ils font ça très bien, à ce qu'il paraît).

La plupart du temps, j'emploie des moyens légaux.

Il arrive pourtant que ça ne suffise pas.

Quand j'ai besoin de renforts, je fais appel à des amis fidèles, que je vais vous présenter.

Honneur aux dames :

• **Helena** est probablement l'une des plus belles créatures que je connaisse – et j'en connais BEAUCOUP, parmi les plus belles, vous pouvez me croire. Cette jeune femme est différente, à bien des égards. Son patronyme complet est Helena Carter-Lee. Les plus observateurs auront noté qu'elle a des origines asiatiques. Sans doute cela explique-t-il sa passion pour les arts martiaux. Helena est un combattant redoutable, que je n'affronterai pour rien au monde. C'est aussi un pilote d'hélicoptère et un chauffeur remarquable. Elle ne me quitte pratiquement jamais et je dois avouer que sa présence à mes côtés est rassurante... et la plupart du temps salvatrice.

Mais vous pourrez en juger, au fil des pages.

Je peux aussi compter sur le soutien d'assistants hors pair :

• **Sonny Boy.** Je dois être le seul à pouvoir l'appeler « Sonic ». De son vrai nom Sonny Noland, c'est un génie de l'informatique. Aucun ordinateur n'a de secret pour lui. Il n'y a pas un système de sécurité au monde qui lui résiste. Depuis son PC secret, Sonic est capable d'infiltrer et de prendre le contrôle de n'importe quel réseau de surveillance, de se jouer d'un dispositif de veille...

Il est l'un de mes plus précieux alliés.

Nous partageons la même aversion pour les erreurs judiciaires.

Sonny Boy a mis au point un logiciel de veille, qui m'alerte en permanence. Victime, il y a quelques années, d'un terrible accident de voiture, il est cloué dans un fauteuil roulant. Mais n'allez surtout pas le prendre en pitié : vous commettriez une terrible erreur de jugement.

C'est un véritable guerrier, ancien champion de football américain. Quiconque passe à portée de ses mains devine la menace. Ce colosse n'a qu'une seule faiblesse à ma connaissance – je le soupçonne d'avoir cédé aux charmes d'Helena.

Comme cette dernière, il est l'un de mes anges gardiens.

• **Matthew Slides.** C'était l'avocat d'affaires de mon père. Son confident, aussi. Sans doute, à bien y réfléchir, son meilleur ami. Ils ne se quittaient pas, depuis qu'ils s'étaient connus à l'armée.

Je n'ai jamais réussi à obtenir d'explications, mais je sais qu'ils sont revenus de leur période de conscription avec un lourd secret en commun. Les liens qui les unissaient ne se sont jamais brisés – jusqu'à la tragique fin de mon père...

Depuis, Matthew Slides a choisi la retraite mais il n'hésite pas à reprendre du service chaque fois que je l'appelle à l'aide.

Grand, dégingandé, il fascine par un regard hypnotique et des cheveux sombres, qu'il porte longs. Toujours vêtu de costumes de dandy, il ne se sépare jamais d'une canne-épée dont le pommeau sculpté représente une tête de mort. Il ne fait pas son âge – les gens lui donnent généralement vingt ans de moins...

Une dernière chose que vous devez savoir : depuis que je suis enfant, l'une de nos activités favorites consiste à utiliser un code. C'est très simple : on annonce un chiffre, qui prévient du décalage que l'on va faire dans l'alphabet. Par exemple « 3 » signifie que l'on décale tout de trois lettres – et « a » devient « d », « e » devient « h », etc. C'est une gymnastique mentale qui nous a permis de communiquer tous les deux, loin de toutes les oreilles indiscrètes.

• Il y a aussi **Luciano**. Je l'appelle « Lucky » parce que, contre toute attente, il a beaucoup de chance. Certes, il est orphelin lui aussi, mais il aurait dû déjà mourir cent fois. Personne ne sait son âge véritable – même lui l'ignore. Lucky ne sait ni où il est né, ni qui étaient ses parents. Une seule chose est sûre : il a été recueilli à leur mort et placé dans des structures successives, d'où il s'est chaque fois évadé pour vivre dans la rue. Nous nous sommes croisés au cours d'une enquête, dans l'un des quartiers les plus dangereux de Baltimore. Depuis, nous sommes amis.

Lucky est très intelligent. Il est tellement discret qu'on pourrait le croire capable d'invisibilité. C'est un assistant précieux, dès qu'il s'agit de prendre quelqu'un en filature. Vous le découvrirez bientôt à l'œuvre...

Bien sûr, j'ai d'autres amis – et quelques adversaires plus ou moins coriaces, aussi –, mais je vous laisse faire leur connaissance au fil des pages.

La vie n'est-elle pas faite de surprises ?

Bienvenue dans MON monde.
Bienvenue parmi les amis de

JUSTIN CASE

À présent, il ne vous reste plus qu'à tourner
la page.

Prologue

Aucun nuage ne s'était profilé au-dessus de Moscou. Profitant de l'aubaine, le soleil frappait si dur aux carreaux depuis les premières heures du jour que dans le bâtiment austère on était sur le point de succomber à la chaleur étouffante. Les responsables de la sécurité avaient poussé la climatisation à son maximum dans les rares pièces équipées, mais l'issue de ce combat acharné demeurait incertaine : les longs couloirs de l'immeuble s'étaient mués en véritables étuves, un souffle de forge envahissait les divers étages, gagnant toujours plus de terrain.

À une jetée de pierre de là, dans la cour du Kremlin, des militaires effectuaient leurs rondes. Apparemment insensibles à l'effroyable canicule, ils faisaient claquer leurs bottes sous les yeux des badauds admiratifs. Des hordes de touristes se bousculaient pour ne rien manquer du spectacle martial. Une forêt de bras se dressait, brandissant dans la direction des soldats smartphones et tablettes numériques, qui délivraient un crépitement de flashs. On mitraillait sous tous les angles le ballet parfaitement réglé. Imperturbables, les hommes en arme passaient d'un poste à l'autre.

La foule des grands jours, un temps radieux : la journée était magnifique à Moscou et nul visiteur de l'antique forteresse n'aurait pu se douter qu'un drame se jouait au même moment, dans un vaste bureau juché au dernier étage d'un bâtiment administratif envahi par la chaleur.

Retranché derrière son immense table d'acajou, Ievgueni Kouriakine émit un claquement de langue sonore. Il se cala dans son haut fauteuil de cuir, tout en contemplant avec satisfaction le résultat sur le visage décomposé de son interlocuteur.

Face à lui, assis imperturbable sur la chaise qu'on lui avait désignée, le lieutenant Azarov avait blêmi. Il se tenait très raide, mains posées sur ses genoux serrés, dans une posture presque scolaire. Plus que tout, il évitait d'affronter du regard les yeux bleu acier de son supérieur hiérarchique.

Au vrai, le lieutenant Azarov jugeait plus prudent de contempler avec obstination la pointe de ses chaussures. L'officier n'était pourtant pas un lâche – on tenait Dmitri Azarov pour l'un des meilleurs éléments de sa promotion, on avait loué à maintes reprises sa bravoure et son sens du devoir –, mais il n'y avait aucune autre échappatoire.

À sa décharge, si le lieutenant Azarov adoptait une attitude de soumission, pas un militaire en poste à Moscou n'aurait choisi une autre option. Dans un cas comme celui-ci, faire profil bas était l'unique issue. Nul soldat du Kremlin n'ignorait que la moindre manifestation d'agacement chez Ievgueni Kouriakine valait toutes les démonstrations de colère. Pire encore, elle les surpassait ! L'homme était connu pour être d'un flegme olympien en dépit des circonstances les plus alarmantes... mais on le savait également dangereux, TRÈS dangereux lorsqu'un adversaire ou un désagrément se profilait sur son chemin. Le cas échéant, un simple raclement de gorge pouvait signifier la condamnation à mort de son interlocuteur.

Le lieutenant Dmitri Azarov demeura donc visage tourné vers le sol, attendant la sentence dans le silence presque total du bureau, où seul le bourdonnement discret de la climatisation se faisait entendre.

De son côté, Ievgueni Kouriakine étudiait avec un soin d'entomologiste le jeune officier. Le visage d'Azarov était rouge... mais il ne fallait pas s'y tromper. Kouriakine avait consulté son dossier avec intérêt. Il en ressortait que le lieutenant n'était pas du genre impressionnable. Les voiles pourpres qui teintaient ses pommettes et son front ne résultaient certainement pas d'une quelconque peur. La chaleur régnant dans les couloirs interminables qu'il avait dû traverser avant d'atteindre le bureau de son supérieur était à n'en pas douter seule responsable de cet état.

Ievgueni Kouriakine émit un grognement satisfait.

Le lieutenant Azarov passait le premier test – il n'était pas question, pour régler la délicate affaire en cours, de dépêcher un pleutre ou un homme incapable de gérer ses émotions. Il faudrait faire montre de sang-froid, de professionnalisme... et être capable de prendre les bonnes décisions, sans perdre de temps.

Azarov était peut-être l'homme de la situation ? Il convenait de s'en assurer. Ievgueni Kouriakine se pencha à nouveau vers son visiteur. Il posa lentement les coudes sur son bureau, croisa les doigts devant son visage et exhala un long, très long soupir pour s'efforcer au calme.

– Reprenons, lieutenant, voulez-vous ? fit-il en étudiant les réactions de son subalterne.

Dmitri Azarov se redressa. Cette fois, il affronta le regard électrique de son interlocuteur. On ne savait jamais, en pénétrant dans le bureau de

Kouriakine, si l'on était convié à une discussion… ou à un interrogatoire.

– Depuis quand surveillez-vous l'Irlandais ? reprit Kouriakine.

– Trois semaines, répondit le lieutenant. Il n'est pas irlandais, il est américain. On le surnomme « l'Irlandais », compte tenu de son patronyme et de ses origines qui…

Kouriakine l'interrompit d'un geste. Il se félicita en notant le ton plus affirmé de son subalterne. Ievgueni Kouriakine était de ces hommes qui sont persuadés que la vérité s'énonce clairement. Si le lieutenant parlait avec aisance, il n'y aurait pas besoin de lui réclamer des précisions et l'on gagnerait du temps.

Pour la première fois, au cours de l'entretien – et depuis des lustres, à bien y songer ! –, Ievgueni Kouriakine esquissa un semblant de sourire. Il hocha la tête pour encourager son interlocuteur dans cette voie.

– Qui vous a alerté à son sujet ?

– Notre contact à l'ambassade. On soupçonne notre homme de vouloir obtenir des renseignements sur nos différents projets nucléaires.

Ievgueni Kouriakine réprima une grimace.

C'était *LÀ* le nœud de cet épineux problème. Une affaire d'espionnage semblait improbable et pourtant…

– Nous ne sommes plus au temps de la guerre froide, fit-il remarquer. Mises à part les gesticulations des dirigeants de la Corée du Nord, la technologie nucléaire n'est plus le principal sujet d'inquiétude mondiale. Alors ?

– J'ai été moi aussi surpris, avoua le lieutenant. D'ordinaire, les services du renseignement étranger surveillent les agissements de nos ressortissants sur leur territoire.

Kouriakine leva un sourcil.

– Nos ressortissants à l'étranger ? répéta-t-il, intrigué.

– Oui. Les membres des gangs que nous ne pouvons contrôler, ceux qui vont blanchir l'argent à l'extérieur de nos frontières, les...

Ievgueni Kouriakine avait levé une main lasse pour obtenir le silence. La litanie de son subalterne lui donnait la nausée.

Kouriakine était un nostalgique de la « Grande Russie ». Il détestait ce que son pays avait permis depuis des années et haïssait la lente dérive qui avait vu l'éclosion de véritables mafias armées – dont la plupart des membres, triste signe des temps, étaient d'anciens militaires de l'armée régulière, attirés par des salaires mirobolants !

– Quel rapport avec l'Irlandais ?

– Nous pensons qu'il a établi des contacts avec des mafieux russes et qu'il est ensuite venu à Moscou pour nous espionner.

– Nous espionner ? répéta Kouriakine, songeur.

Il semblait peu convaincu par cette hypothèse.

– Oui, insista le lieutenant. Les renseignements se revendent encore très bien. De plus, nous soupçonnons un trafic de matières premières.

– Matières premières ? grimaça Kouriakine.

– Déchets atomiques, précisa Dmitri Azarov. Ils sont nombreux à rechercher de quoi fabriquer une bombe…

– Donc, cet « Irlandais » veut obtenir de l'uranium ?

– Du plutonium enrichi. Du minerai censé être retraité sur l'un de nos sites dédiés, mais qui aurait disparu en chemin.

Ievgueni Kouriakine lâcha un soupir harassé. Dans un pays aussi immense que le sien, où l'on n'avait pas encore fini de mesurer les conséquences du drame de Tchernobyl[1], il était effrayant de

1. Le 26 avril 1986, la centrale nucléaire V.I. Lénine a été le théâtre d'un accident nucléaire majeur, classé niveau 7 sur l'échelle internationale des événements nucléaires (le plus élevé). On n'a jamais su combien de morts sont depuis directement liés à cette catastrophe – selon les sources, ils seraient entre deux cents… et presque un million.

constater que du minerai radioactif pouvait ainsi disparaître, sans que personne s'en émeuve... ni parvienne à le retrouver !

Kouriakine chassa un insecte imaginaire.

– Revenons-en à l'Irlandais.

Dmitri Azarov acquiesça.

– Nous ne l'avons pas lâché une minute, depuis le début de l'enquête. J'ai un rapport détaillé de tous ses déplacements, de tous ses contacts, de toutes ses communications téléphoniques ou via Internet.

Il libéra un ricanement entendu avant d'ajouter :

– Comme la plupart des Occidentaux, il est accro à son smartphone. Sans doute serait-il plus discret s'il utilisait les connexions sécurisées de son ambassade, mais c'est ainsi. Nous avons placé son appareil sur écoute et nous interceptons tous ses échanges, écrits ou oraux.

– Pour quel résultat ?

– Nous avons déjà identifié deux de ses contacts en Russie. En revanche, nous pensons qu'il a également des soutiens aux États-Unis.

– Quels sont ses contacts étrangers ?

– C'est là que nos services se perdent en conjectures, reconnut Dmitri Azarov. Il a envoyé un seul message à l'étranger, à destination d'un habitant de New York.

L'espace d'un instant, un nuage sombre vint ternir les yeux d'Ievgueni Kouriakine. La curiosité piquée au vif, il se passa un pouce sur la joue et insista :

– On a l'identité du correspondant ? demanda-t-il en détachant chaque syllabe comme pour mesurer la portée de sa question.

– Oui. Il s'agit d'un ancien avocat d'affaires.

– Un retraité ? ricana Ievgueni Kouriakine. Ah, ah ! Il s'agit probablement d'une couverture !

Le lieutenant confirma la théorie d'un mouvement affirmatif du menton.

– D'autant que l'homme est membre du conseil d'administration de l'un des plus grands groupes financiers de New York City.

– On sait qui est à sa tête et ce qui intéresse cette firme ?

– C'est un jeune milliardaire. La société investit dans de très nombreux domaines, mais ni l'armement ni le nucléaire ne sont concernés.

Ievgueni Kouriakine balaya la remarque d'un nouveau geste de la main.

– Cela ne veut rien dire, décréta-t-il. La société tout entière peut parfaitement jouer le rôle d'écran de fumée, pour masquer une manœuvre gouvernementale. Les Américains n'en sont pas à leur coup d'essai, ils s'y connaissent en traîtrise et en manipulations diverses ! Leur gouvernement peut avoir contacté la société pour lui demander de faire diversion.

Il s'interrompit et lança un coup d'œil vers la fenêtre de son bureau. Dehors, un soleil magnifique éclairait la place Rouge. De nombreux touristes se promenaient. La journée s'annonçait belle...

« Une diversion ? songea-t-il. Vraiment ? »

Les hypothèses prenaient naissance dans son esprit rompu à toutes les formes de tactiques militaires et politiciennes. Depuis des années, on avait décidé de déposer les armes. Se pouvait-il que les Américains aient décidé de...

Excédé par les innombrables possibilités, Kouriakine soupira une fois encore.

– Est-on certain que le contact new-yorkais de l'Irlandais est en rapport avec une possible tentative d'espionnage ?

– Il y a de fortes probabilités que les deux affaires soient liées, admit le lieutenant Azarov.

– Qu'est-ce qui vous permet de l'affirmer ?

– La teneur de son SMS. Et la manière dont il l'a rédigé.

Devant l'air intrigué de son supérieur hiérarchique, il se dépêcha de fournir des explications supplémentaires.

– L'Irlandais a envoyé un appel au secours déguisé. Il a convenu d'un horaire pour un rendez-vous téléphonique. Il utilisait un alphabet spécifique.

Kouriakine ponctuait chaque point de grognements entendus.

– Je vois..., lâcha-t-il enfin. A-t-on prévenu nos dirigeants ?

Azarov secoua la tête de droite et de gauche.

– Non. J'ai préféré vous en avertir avant de...

– Parfait ! le coupa Kouriakine qui avait redouté un bref instant que cette sombre affaire ne fasse l'objet de fuites aux effets désastreux. Vous allez maintenir la surveillance sur l'Irlandais. Bien entendu, vous annulez tous ses visas, il n'est pas question qu'il puisse quitter le territoire sans rendre des comptes.

– J'ai donné des ordres en ce sens depuis que nous savons ce qu'Allistair Quinn manigance, répondit Dmitri Azarov. Il lui est impossible de prendre l'avion. De plus, tous les postes frontières sont alertés. Ils disposent de son signalement. Il est donc confiné en Russie jusqu'à nouvel ordre.

– Bien, grommela Kouriakine. Je veux un rapport régulier sur tous ses contacts – et je le veux à la virgule près !

Dmitri Azarov s'était levé pour effectuer un salut militaire.

– À vos ordres, commandant Kouriakine.

– Apportez-moi également tout ce dont vous disposez au sujet de cet avocat américain.

– Il s'appelle Matthew Slides, récita Azarov. Il réside à Manhattan et...

– Je verrai cela dans le dossier, l'interrompit sèchement son supérieur. Ajoutez également tous les éléments que vous pourrez réunir sur la société écran et son président.

Azarov parut décontenancé par la demande.

– Un problème, lieutenant ? s'enquit Kouriakine.

Dmitri Azarov s'empressa de le détromper.

– Non, assura-t-il, c'est juste que... L'actuel patron du groupe est un tout jeune homme, qui en a hérité à la mort de ses parents. Il ne s'intéresse guère aux affaires et ne suit l'évolution du groupe que de très loin. D'après nos renseignements, il passe son temps à voyager à travers le monde et préfère confier la gestion des divers secteurs d'activité à son conseil d'administration. Un CA dont l'ancien avocat d'affaires est toujours membre, par contre.

– Mmmh, grogna Kouriakine. Je veux également que l'on surveille les faits et gestes des deux contacts russes de l'Irlandais. Et que l'on se tienne prêt, si le besoin s'en fait sentir, à les arrêter. Avec la plus grande discrétion, bien entendu : si ces hommes ont un contact à l'étranger, ce dernier pourrait alerter la communauté internationale et nous avons assez de dossiers délicats à gérer en ce moment. Compte tenu des démonstrations de force du clown que les Américains ont élu, nous devons agir avec discrétion, si nous ne voulons pas le voir s'agiter sur les réseaux sociaux. Notre Président fait front, mais je ne voudrais pas qu'il ait à subir une nouvelle difficulté par notre faute. Il ne tolérerait d'ailleurs aucune négligence et serait prompt à demander des comptes à quiconque manquerait à la plus élémentaire des rigueurs. Vous me comprenez, lieutenant ?

Azarov n'avait pas besoin qu'on lui traduise davantage la menace à peine voilée. Il se fendit d'un salut.

– C'est parfaitement clair, mon commandant.

– Dans ce cas, j'attends les dossiers. Vous pouvez disposer.

Azarov fit claquer ses talons avant de pivoter. Il se dirigea à grands pas vers la sortie, trop heureux de quitter enfin l'antre d'Ievgueni Kouriakine.

– Lieutenant ! lança ce dernier tandis que le militaire atteignait la porte du vaste bureau.

Dmitri Azarov se figea aussitôt, puis il effectua une volte-face martiale.

– Commandant Kouriakine ? demanda-t-il en adoptant une posture raide.

– Comment avez-vous dit que cet héritier s'appelait ?

Dmitri Azarov se garda bien de préciser qu'il n'avait pas mentionné le nom du jeune Américain.

– Justin Case, déclara-t-il en saluant avec déférence.

Quand le lieutenant fut sorti, Ievgueni Kouriakine se leva. Soucieux, il se pinça la lèvre inférieure et marcha jusqu'à la fenêtre, d'où il pouvait observer la place Rouge. Il laissa ses yeux divaguer sur le mausolée de Lénine, dont il ne pouvait apercevoir qu'une petite partie.

Une affaire d'espionnage ? De nos jours ?

– Difficile à croire, murmura-t-il comme pour s'en persuader.

Il retourna vers son bureau et ouvrit un nouveau dossier. Le nom du jeune milliardaire tournait dans son esprit. Il ne savait pas qui était ce Justin Case, mais il comptait bien en apprendre davantage à son sujet et dans les plus brefs délais !

Kouriakine, en vieil habitué des conflits armés et des manœuvres politiques, se laissait guider par un instinct quasi infaillible – il n'avait pas eu à s'en plaindre au fil des ans et avait mené jusqu'à présent une brillante carrière, franchissant les échelons sans accroc.

Il se tourna vers son ordinateur, pianota un code et surfa sur le Web à la recherche d'images. Il découvrit une galerie de portraits présentant un jeune homme à l'éternel sourire. Un play-boy milliardaire, dont le visage était barré d'une longue mèche blonde. Un garçon séduisant, à qui l'on prêtait de nombreuses conquêtes féminines mais qui ne s'était jamais laissé passer de bague au doigt. Un prototype de superficialité, une manière d'autoparodie, comme seuls étaient capables d'en produire ces ressortissants de l'Ouest nés avec une cuillère d'argent dans la bouche !

Mais quelque chose dérangeait pourtant Ievgueni Kouriakine. Une impression fugace, qui le poussa à sélectionner quelques photos qu'il détailla avec le plus grand soin.

L'officier s'attarda sur les traits du garçon, jaugeant en véritable expert la profondeur du regard, son intelligence aussi. On ne pouvait lui nier un certain talent pour la communication : à l'évidence, ce Justin Case savait parfaitement utiliser Internet. Il était à son avantage sur toutes les photos, qui étaient toutes dues à des professionnels.

Ievgueni Kouriakine zooma sur l'un des portraits. Il hocha la tête à l'issue de son examen minutieux : le jeune milliardaire jouait parfaitement son rôle de play-boy superficiel, mais il n'était pas l'un de ces oisifs qui faisaient la joie des magazines people. L'officier devinait même une certaine dureté chez le jeune homme, qui devait à l'occasion faire montre d'un caractère affirmé.

Il se radossa à son haut fauteuil de cuir et salua le portrait :

– Enchanté, monsieur Case ! grasseya-t-il. Nous allons sans doute bientôt nous mesurer !

Il ne pensait pas si bien dire.

Chapitre 1

Le soleil était déjà haut dans le ciel. Il régnait sans partage dans un océan d'azur, baignant la Grosse Pomme[1] d'une ultime vague de chaleur. Les *New Yorkers* accueillaient avec un vrai bonheur ce sursaut de l'été indien. L'automne s'étirait paresseusement tandis que l'hiver, en embuscade, guettait le moment propice pour passer à l'offensive. Les habitants de Manhattan ne se berçaient pas pour autant d'illusions : sans doute les températures chuteraient-elles bientôt mais, pour l'heure, aucun nuage ne semblait vouloir assombrir la situation.

Dans moins de deux mois, le célèbre sapin du Rockefeller Center se parerait de ses milliers de boules multicolores... et c'en serait terminé des longues rêveries à travers Central Park. Chassés par

---

1. *Big Apple* est le surnom affectueux que les habitants de New York donnent à leur ville. L'expression est ancienne, mais elle fut popularisée par une campagne de publicité du New York Convention and Visitors Bureau (l'Office du tourisme de NYC) dans les années 70.

le froid, les joueurs d'échecs plieraient leurs tables, les écureuils géants se réfugieraient dans les arbres et les buissons, attendant le passage d'un touriste bienveillant prêt à distribuer des friandises. Les trottoirs se changeraient en redoutables miroirs de gel et, passé la période des courses de Noël, on privilégierait le calme douillet des appartements à la frénésie de cette ville connue pour ne jamais dormir.

Matthew Slides affichait un sourire radieux. L'ancien avocat d'affaires offrait son visage au soleil. Les yeux masqués par ses éternelles lunettes rondes, il prit une profonde inspiration. Avec délices, il s'emplit les poumons d'un air vivifiant, puis il laissa errer son regard aux alentours, profitant du décor idyllique. Slides avait pris position au centre de l'une des vastes pelouses du Park, pour apprécier le spectacle à sa juste valeur : sitôt l'automne arrivé, les arbres s'étaient embrasés. Ils offraient à la vue une multitude de couleurs, variant du rouge le plus vif au jaune paille.

Matthew ne se départit pas de son sourire. Il imprima à sa canne à pommeau d'argent un mouvement de balancier régulier, puis partit d'un bon pas à travers la pelouse. Autour de lui, des groupes de jeunes gens s'amusaient. On se passait des ballons de football, rivalisant de puissance et de précision pour de savants mouvements de *quarterback* qui envoyaient vriller l'ogive de cuir à plusieurs dizaines de mètres. On faisait la démonstration d'un prodigieux équilibre en vélo, pour réaliser des figures improbables. On buvait du soda assis dans l'herbe et l'on devisait gaiement. Mais ceux qui s'attiraient l'intérêt des touristes étaient sans conteste les adeptes du *street workout*, cette « musculation de rue » qui avait un temps fait fureur – le phénomène avait pris de l'ampleur et le monde entier s'y était adonné, avant de passer à une autre mode. Pour autant, les véritables champions de la discipline officiaient toujours à NYC, c'était indéniable. Slides ne s'attarda pas devant les athlètes capables de prouesses physiques ahurissantes, suspendus au-dessus de matériel municipal détourné pour l'occasion – qui effectuaient des tractions sous une balançoire, qui maintenaient l'équilibre sur une main, posée sur une borne de métal. Les sportifs défiaient les lois de la pesanteur, pour le plus grand plaisir des badauds… et des pickpockets qui se glissaient dans les rangs des touristes.

Matthew, d'un œil expert, en avait repéré deux ou trois déjà à l'œuvre au milieu des spectateurs hypnotisés par le show. L'ancien avocat d'affaires hésita à intervenir, puis il s'éloigna avec un haussement d'épaules résigné. Ainsi allait le monde, depuis l'Antiquité ! Slides accéléra l'allure, pour piquer au sud de Central Park. À l'abri de ses lunettes noires, il étudiait le merveilleux décor sans dissimuler sa joie : si l'automne, à l'issue de bons et loyaux services, avait feint de tirer sa révérence... Il semblait depuis deux jours vouloir renaître de ses cendres et l'ancien avocat profitait de chacune de ces après-midis lumineuses pour se promener dans sa ville. Matthew Slides balaya les visages qui l'entouraient. Il ne s'attarda sur aucune des silhouettes.

Parvenu aux limites du Park, Slides ralentit l'allure. Il glissa la main dans une poche de sa redingote, et s'assura que son smartphone s'y trouvait bien. Ce faisant, le dandy se rembrunit quelque peu. Il s'empara de sa montre de gousset pour la consulter.

Matthew soupira. *L'heure approchait.* En définitive, ce serait tout de même une journée particulière : il attendait un appel téléphonique important, qui ne lassait de l'intriguer.

Dès qu'il eut quitté Central Park, Slides héla un taxi jaune. Il se fit déposer à Washington Square et pénétra dans l'un des magnifiques cafés qu'il appréciait. Il se réfugia sur une banquette confortable, à l'écart, et commanda un cappuccino qu'il dégusta dans l'espoir de tromper l'attente.

Le temps passa. Lentement. Trop lentement pour Slides qui s'obligeait au calme. Il n'y avait guère de raison objective de s'inquiéter mais, sans qu'il puisse se l'expliquer, une boule d'angoisse avait pris naissance dans son ventre. Elle grandissait à mesure que filaient les heures et se muait peu à peu en profond malaise...

Matthew secoua la tête pour chasser au loin les idées noires.

Certes, Allistair Quinn lui avait envoyé un SMS intrigant, deux jours plus tôt. Certes, « l'Irlandais » – tel était le surnom de Quinn en raison de son patronyme – avait utilisé un alphabet codé. Nul ne pouvait non plus nier que son texte, pourtant sibyllin, pouvait aussi être interprété de façon alarmante...

Mais Allistair était un homme d'action.

Cet ancien militaire avait fait une remarquable carrière dans le renseignement américain. Si son nom aux incontestables racines irlandaises pouvait prêter à confusion, Quinn était bien américain – et ce, depuis des générations. Du reste, son engagement au sein des Navy Seals ne pouvait laisser planer aucun doute : par le passé, Quinn avait pris part à plusieurs conflits. Il en avait rapporté une vilaine blessure à la hanche droite et avait été décoré de la *Purple Heart*[1].

Quand il avait quitté l'armée, le renseignement américain avait naturellement ouvert ses portes à ce soldat d'élite, qui s'était entièrement voué au service de sa patrie.

Allistair Quinn était resté à New York pendant des années puis, aventurier dans l'âme, il avait décidé de voyager pour effectuer des missions dans les différentes ambassades américaines aux quatre coins du monde.

Matthew avait perdu le contact, alors...

L'ancien avocat d'affaires laissa filer un ricanement aigre en réalisant qu'il fixait son smartphone dans une attitude quasi superstitieuse.

– Tu crois peut-être que ça le fera sonner, vieux fou ? se sermonna-t-il.

Pourtant, l'heure était venue. Cette fois, Slides se laissa gagner par l'inquiétude : Allistair Quinn n'était pas homme à être en retard. Il était également incapable d'oublier un rendez-vous. S'il n'ap-

---

1. Il s'agit d'une médaille décernée au nom du président des États-Unis aux personnes blessées ou tuées au service de l'armée américaine. Le médaillon est en forme de cœur violet (d'où son nom), cerné d'or et frappé en son centre du profil de George Washington.

pelait pas comme il l'avait promis... c'était que quelque chose l'en empêchait.

Quelque chose de grave.

Pour en avoir le cœur net, Matthew attendit encore quelques minutes puis, la mort dans l'âme, il régla ses consommations et quitta l'établissement.

Dehors, l'air lui sembla plus froid soudain. Slides remonta le col de sa redingote, puis il fit signe à un taxi jaune. Il donna au chauffeur l'adresse de la C. & Son Company.

Sa décision était prise.

Il devait alerter Justin.

C'est en arrivant au pied de la gigantesque tour de métal et de verre qu'il aperçut la silhouette furtive. Sitôt posé un pied hors du taxi, Matthew avait lancé un regard circulaire, balayant les visages, étudiant les silhouettes. Surpris par la manœuvre, l'homme au blouson de cuir avait plongé à l'abri d'un porche, faisant preuve d'une grande vivacité.

Il était rapide.

Professionnel.

Pas assez, toutefois, pour tromper la vigilance de Matthew Slides, qui savait l'avoir déjà vu à Central Park, puis aux abords de Washington Square.

L'ancien avocat eut un rictus carnassier.

– Nous ne serons pas sans nous revoir, mon ami, murmura-t-il en se dirigeant vers l'entrée de la tour.

Chapitre 2

Allistair Quinn marchait d'un pas vif dans les ruelles de Moscou. Il avait emprunté les transports en commun, passant d'une ligne de bus à une autre pour s'éloigner du centre-ville et rejoindre la périphérie. Il était presque 20 heures, mais les rues étaient encore très fréquentées, rendant la circulation difficile. Sur les trottoirs, les passants se pressaient en foule compacte. Quinn avait jugé prudent d'en profiter : il lui serait plus aisé de semer d'éventuels poursuivants au milieu des badauds qui rentraient chez eux. Au terme d'un périple interminable, il avait donc choisi de poursuivre à pied. Durant tout le trajet, il avait observé avec le plus grand soin les autres passagers, afin de s'assurer qu'aucun d'entre eux ne l'avait pris en filature. Il coulait des œillades à la dérobée, jetait des regards furtifs par-dessus son épaule. Il s'efforçait de reconnaître un détail dans leurs vêtements ou leurs attitudes qui lui aurait permis d'identifier un ennemi.

Tous les moyens étaient bons : Quinn affectait la décontraction, appuyant parfois son front contre la vitre d'un bus. Il en profitait pour étudier, dans le reflet de la vitre, les autres occupants du véhicule. Il mimait la somnolence et, à travers le rideau de ses paupières légèrement entrouvertes, examinait avec un soin méticuleux les passagers voisins.

Quand il avait enfin quitté le dernier car, juste avant que les portières ne se referment, il avait aussitôt plongé dans une ruelle étroite. Les mains enfoncées dans les poches de son manteau sombre, Quinn avait alors pressé le pas pour s'éloigner au plus vite de l'arrêt de bus.

Il avait marché sans se retourner, la tête rentrée dans les épaules. Si d'aventure il croisait des passants, ces derniers s'écartaient à son approche. Aucun d'entre eux ne se serait risqué à infléchir la trajectoire de ce colosse aux tempes argentées qui, en dépit d'une légère claudication, possédait un redoutable physique de lutteur.

Sa hanche le faisait souffrir quand il devait fournir des efforts prolongés mais Quinn n'y prit pas garde. Pour l'heure, il convenait de serrer les dents et de s'assurer qu'il avait semé d'éventuels poursuivants. Il s'obligea à effectuer un savant parcours dans le quartier, passant par divers endroits qu'il connaissait parfaitement. Il alternait les passages étroits et isolés avec les places plus lumineuses.

Chaque fois, l'Irlandais s'accordait un répit en un endroit précis, d'où il savait pouvoir embrasser tout le décor d'un seul regard, afin de vérifier que personne ne l'avait pris en chasse.

Lorsqu'il fut tout à fait certain de n'être pas suivi, il piqua dans une nouvelle ruelle envahie par les ténèbres. Il se glissa sous un porche, entrouvrit la porte du hall sans un bruit et prit soin de la refermer en silence.

Sitôt à l'abri des regards, il prit l'escalier d'assaut et ne s'arrêta qu'une fois parvenu sur le palier du quatrième étage. Là, il reprit son souffle avant de frapper à la porte.

Deux coups secs, trois coups rapides.

Une légère pause et deux nouveaux coups secs.

On vint lui ouvrir sans tarder.

– C'est toi, fit la voix rocailleuse de l'homme.

Sans un mot, Quinn se faufila dans l'appartement. Son compagnon referma la porte dans son dos, en condamnant une à une les trois serrures.

L'Irlandais ne se détendit pas pour autant. Il demeurait raide, les mains au fond des poches de son manteau et semblait perdu, incapable de prendre une décision.

– Tu es en retard, constata l'homme qui lui avait ouvert. Tu as eu un problème ?

Il s'exprimait dans un anglais parfait, mais avec un accent russe très marqué.

– Non, répondit Quinn sans cesser d'étudier le décor autour de lui. J'ai préféré redoubler de prudence, c'est tout.

Il renifla avec méfiance et ajouta, l'air rogue :

– Tu es seul, Sergeï ?

L'autre parut décontenancé par la question. Il dévisagea Quinn avec incrédulité. Un instant, sa bouche se déforma en une grimace et il finit par écarter les mains en signe d'apaisement.

– Et qui voudrais-tu que j'accueille ici, Allistair ? Tu peux me le dire ? Qui voudrait venir s'enfermer ici, à part d'anciens agents du renseignement étranger, désireux d'échapper à la surveillance des services russes ?

Il ponctua sa tirade d'un rire profond de fumeur invétéré, fut secoué d'une quinte de toux douloureuse et dut porter son poing fermé devant ses lèvres.

– Tu vois dans quel état tu me mets ? ricana-t-il. Allons ! Détends-toi. Tu peux enlever ton manteau et te mettre à l'aise. On ne craint plus rien, ici, tu peux me croire ! Je ne sais pas comment tu peux supporter ce vêtement, avec la chaleur qui règne à Moscou…

Il soupira en constatant que l'Irlandais ne bougeait pas. Il haussa une épaule dans un mouvement résigné, traversa le salon au milieu duquel Quinn restait planté comme un piquet et ouvrit un petit meuble, d'où il extirpa une bouteille et deux verres. Il leva la bouteille en direction de Quinn, quêtant une approbation.

– Vodka ?

L'Irlandais déclina d'un mouvement du menton.

– Non, merci, fit-il. Plus tard, peut-être.

– Comme tu voudras, fit l'autre visiblement déçu.

Sans plus insister, le Russe se servit une large dose, reposa la bouteille et avala son alcool d'un trait. Il fit claquer sa langue, exhala un soupir de satisfaction et se resservit illico une nouvelle dose. Son verre à la main, il vint s'asseoir sur le divan et croisa les pieds sur la table basse.

Il dévisagea Quinn avec insistance, en fronçant les sourcils sans chercher à masquer son inquiétude.

– Tu deviens paranoïaque, l'âge venant, mon ami, diagnostiqua-t-il comme à regret. Tu devrais savoir que j'ai toujours été le meilleur pour trouver des planques sûres…

– Je sais, Sergeï, admit Quinn. Mais cette fois, c'est différent. Les enjeux sont trop importants, il en va de…

– Je sais bien ! s'emporta le Russe sans se soucier de lui couper la parole. Mais tu connaissais les risques dès le début et tu as choisi toi-même de mener cette mission à bien, pas vrai ? Personne ne t'a obligé à quoi que ce soit !

Quinn signifia son approbation d'un grognement sourd. Il marcha vers l'unique fenêtre de la pièce, que des rideaux à fleurs occultaient. Il écarta délicatement l'un des pans de tissu, lança un regard furtif dans la rue et laissa retomber l'étoffe.

– J'ai peut-être présumé de mes forces, cette fois, avoua-t-il d'une voix que l'appréhension rendait caverneuse. J'ai décidé d'appeler du renfort.

– Du renfort ? coassa Sergeï. Tu as des contacts à Moscou ?

– Pas à Moscou, corrigea Quinn. À New York.

– *Big Apple ?* railla le Russe. Explique-moi en quoi un type qui vit à Manhattan peut te venir en aide ici ?

– Il n'est pas seul, consentit à expliquer Quinn après un moment de réflexion. Et j'ai toute confiance en lui. Nous avons combattu côte à côte, autrefois.

– Oh ! s'esclaffa Sergeï. Alors c'est un retraité, comme toi. Sans doute est-il aussi éclopé que tu l'es. Pas de doute : les services secrets de Poutine n'ont qu'à bien se tenir !

Ses épaules étaient secouées par l'hilarité. Il recouvra son sérieux en avisant le regard noir de l'Irlandais.

– Slides est peut-être vieux, comme moi... mais c'est un type remarquable, déclara Quinn avec solennité. Il est loyal. Fidèle en amitié. Et c'est un combattant remarquable, quand il le faut.

– Je te demande pardon, fit le Russe, conciliant. Je ne voulais pas te blesser. Je dis juste que depuis New York, ton ami aura du mal à intervenir.

– Je dois l'appeler, ajouta Quinn. J'aurais dû le faire aujourd'hui, mais j'ai eu peur d'être surpris.

– Tu aurais dû le faire ? répéta Sergeï en manquant s'étouffer sous l'effet de la surprise.

Le Russe avait pâli.

Il se redressa et contempla son compagnon avec effarement.

– Ça veut dire que tu as cherché à le contacter ?

– Oui, déglutit Quinn. Mais je n'ai pas traîné, si tu veux tout savoir.

– Par quel moyen ? insista le Russe.

Allistair Quinn sortit l'une de ses mains de ses poches pour présenter son smartphone, qu'il agita en direction de son interlocuteur.

– Un SMS.

Sergeï joignit les mains dans un claquement sonore.

Il les agita vers le ciel dans un geste de supplique.

– Un SMS ! psalmodia-t-il. Il a envoyé un SMS et il est sans doute persuadé qu'il ne risque rien parce que c'est un moyen sûr !

Il tourna soudain sur Quinn un regard empli de colère et de pitié mêlées.

– As-tu seulement réfléchi, Allistair ? Ne sais-tu pas que les services secrets russes peuvent intercepter tous les messages de ce type ? Que les techniciens de ce pays espionnent à volonté, selon leur bon vouloir et sans avoir besoin de demander l'autorisation de quiconque ? As-tu oublié qu'en tant que résident étranger régulier, tu es sur la liste prioritaire des personnels à surveiller ?

Quinn se mordit nerveusement l'intérieur des joues.

– J'ai envoyé un message codé, se défendit-il mollement.

– Un message codé ! s'exclama Sergeï. Et on peut savoir quel code tu as utilisé, dans l'espoir de tromper les services de renseignements russes ?

Cette fois, l'Irlandais baissa le nez. Comme un gamin surpris la main dans le pot de confiture, il sentit qu'un voile honteux lui empourprait le front.

– Je... C'est un alphabet que nous utilisions lui et moi, avec quelques autres, à l'époque où...

Sergeï leva la main pour réclamer le silence.

– N'en dis pas plus ! souffla-t-il. Considère qu'ils savent.

Vaincu, Quinn hocha la tête.

– Et maintenant ? articula-t-il.

– On va trouver un téléphone qu'ils ne pourront pas localiser, utiliser une ligne dont nous serons certains qu'elle est cryptée et tu pourras appeler ton ami.

– Merci..., lâcha Quinn d'une voix qu'il aurait voulue plus affirmée.

Quinn songea à Matthew Slides, qui avait dû attendre son appel.

L'Irlandais se surprit à formuler une prière muette pour que son vieil ami décroche, quand il pourrait enfin l'appeler.

Chapitre 3

L'homme au bombers[1] noir manipulait avec dextérité les boutons du récepteur pour régler la qualité de l'enregistrement. Un casque audio rivé sur les oreilles, il faisait osciller lentement chaque potentiomètre. Le front creusé d'une ride soucieuse, il demeurait concentré sur la conversation dont il ne perdait pas une bribe. D'un coup d'œil, il vérifia sur l'écran de son ordinateur portable que l'enregistrement se poursuivait sans heurt.

Dans son dos, un autre homme au physique athlétique et vêtu lui aussi d'un blouson de nylon faisait les cent pas. Ses pieds chaussés de rangers parfaitement lustrées produisaient des grincements réguliers sur les lattes du parquet. Dans la petite chambre aux rideaux

1. Blouson de nylon popularisé par les pilotes de l'aviation militaire américaine – d'où leur surnom –, particulièrement prisé par les militaires, les agents de la sécurité... et tous ceux qui sont appelés à se battre, un jour ou l'autre (car la texture particulière du vêtement empêche qu'un éventuel adversaire puisse l'agripper efficacement).

tirés, il avait des allures d'ours en cage.

– Alors ? finit-il par demander. Du neuf ?

– Sergeï Blokhine est un malin, ricana l'homme au bombers. Il va essayer de jouer sur tous les tableaux. Il ignore que nous l'écoutons.

– Comment en être certain ?

L'homme au bombers afficha un sourire de prédateur.

– Blokhine est intelligent. S'il avait découvert nos mouchards, jamais il n'aurait le courage de dévoiler ses plans. Il aurait détruit les micros, changé d'adresse. Ou bien il tenterait de nous raconter des idioties, de nous entraîner sur de fausses pistes. Il connaît les risques et compte tenu de ce qu'il a l'intention de vendre, il sait qu'il risque gros. TRÈS gros. Fais-moi confiance : on va le piéger.

Le colosse accusa réception d'un hochement de tête. Oui, certains commerces rapportaient des fortunes, pour peu qu'on puisse satisfaire à la demande des clients. Le trafic de résidus radioactifs en faisait partie. Il pouvait, en très peu de temps, enrichir le vendeur… ou le mener derrière les barreaux d'une cellule pour le restant de ses jours, quand ça n'était pas au cimetière le plus proche. Dans ce type de transactions, les clients étaient particulièrement exigeants et ce n'était pas des enfants de chœur. Il émit un claquement de langue courroucé. Sergeï Blokhine avait de nombreux contacts, il excellait dans son rôle d'entremetteur. Quelle que soit la nature de votre demande, il pouvait vous mettre en relation avec un fournisseur ou un acheteur. Et il savait rester raisonnable, en termes de commissions – il ne réclamait que 2 à 5 % des montants, ce qui lui assurait un train de vie plus que confortable, depuis des années. On le soupçonnait même d'avoir accumulé de quoi être à l'abri du besoin pendant deux ou trois générations.

Alors ? Pourquoi s'obstinait-il à poursuivre ses activités à haut risque ? Sans doute parce que l'homme aimait son métier. Parce que le frisson qu'il lui procurait valait bien qu'on prît des risques, aussi insensés qu'ils puissent paraître.

Le géant demeurait dubitatif. À la place de Blokhine, il aurait opté pour une retraite dorée, sur une île perdue au milieu d'une mer d'émeraude et bordée de sable blanc. Il passerait son temps dans un hamac, à siroter des cocktails, profitant de la fortune accumulée !

« Mais tu n'es pas à sa place ! le rabroua une voix dans sa tête. Et tu perds ton temps à rêvasser. Concentre-toi sur ta mission, si tu ne veux pas te retrouver, comme Sergeï, sur la liste des prochains occupants du cimetière le plus proche ! »

Le costaud grimaça. Les ordres qu'on lui avait donnés étaient précis, il n'avait pas le droit à l'échec. Il passa une main nerveuse sur son visage et s'approcha de son complice, qui ne perdait pas une miette des échanges entre Allistair Quinn et Sergeï Blokhine.

Il lui tapota l'épaule, attendit que ce dernier lève le nez vers lui et lui signifia qu'il souhaitait écouter la conversation. L'autre hocha le menton, retira ses écouteurs et bascula un potentiomètre. Aussitôt, les voix de l'Irlandais et de son associé russe s'élevèrent dans les haut-parleurs.

– Et Quinn ? demanda le costaud. Tu penses qu'il nous a repérés ?

– Aucun doute. Ce foutu Irlandais se fait peut-être vieux, mais il a encore de beaux restes et il n'a rien oublié de sa formation d'autrefois. Tu as bien vu comment il a promené nos hommes, sur le chemin.

– Ouais, grogna le costaud. Ces imbéciles ne valent pas grand-chose. Il va falloir nous en occuper nous-mêmes.

L'autre l'interrompit d'un geste brusque. Le géant fronça les sourcils. Allistair Quinn évoquait un correspondant à Manhattan. Et Sergeï lui proposait de le contacter via un téléphone sécurisé.

L'homme au bombers étouffa un juron.

– Il faut prévenir notre équipe à New York, haleta-t-il. Savoir de quoi est capable ce dénommé Matthew Slides.

– Tu as fait les recherches ?

– Bien entendu.

L'homme au bombers pianota sur le clavier de son *laptop*. Une photo du dandy new-yorkais apparut à l'écran, ainsi qu'un dossier le concernant.

– J'ai là tout ce dont on dispose à son sujet. C'est un ancien avocat d'affaires.

– Un avocat ? répéta le colosse. Pourquoi Quinn aurait-il besoin d'un avocat ?

– Aucune idée, répondit l'homme au bombers. Je continue de creuser pour savoir comment ces deux-là se sont rencontrés. C'est peut-être un simple intermédiaire, si Quinn compte revendre la marchandise sur le territoire américain...

Le géant secoua la tête dans la négative. Revendre du plutonium aux États-Unis ? Avec les protocoles de sécurité en vigueur depuis les attentats du 11 septembre 2001 ? Ça ne tenait pas debout. Le plus évident était de le proposer à un groupuscule armé, chez les dissidents tchétchènes ou en Afrique. Les groupements terroristes rêvaient de posséder de telles armes, au terrifiant potentiel destructeur.

Pourquoi risquer de tout compromettre en prenant de tels risques, quand il suffisait d'aller au plus simple ?

– Ça ne tient pas debout, décréta-t-il. Ce Matthew Slides doit jouer un autre rôle. Creuse dans son passé, pour en apprendre davantage.

– Je m'en occupe.

L'homme au bombers s'appliqua à rédiger un mail, qu'il fit transiter par une messagerie cryptée.

– C'est fait, déclara-t-il quand l'ordinateur confirma l'envoi en émettant un signal sonore.

– Parfait, fit le géant. Tiens-moi au courant. Je reprends la filature. Cette fois, Quinn ne nous échappera pas.

Il allait quitter la pièce, quand la voix de l'homme au bombers s'éleva dans son dos.

– Tu préviens le chef, ou tu veux que je m'en charge ?

Le géant s'arrêta. Il fit jouer ses puissantes mâchoires, réfléchit une poignée de secondes et répondit enfin :

– Je m'en occupe, dès que je sais où se trouve la nouvelle planque de Quinn.

Il ouvrit la porte de l'appartement et lança par-dessus son épaule :

– Tu peux me faire confiance : cette fois, l'Irlandais ne se débarrassera pas de son poursuivant. On se retrouve ce soir, au QG. Préviens-moi si tu obtiens de nouveaux éléments sur l'Américain.

– Reçu, confirma l'homme au bombers en renfilant son casque et en coupant les haut-parleurs.

Parvenu sur le palier, le géant referma avec soin la porte derrière lui. Il demeura un instant immobile, s'assura que personne ne traînait dans les étages et se dirigea vers la sortie d'un pas vif.

En dépit de son poids, il ne produisait aucun bruit en se déplaçant.

Chapitre 4

Julia Saint-Andrew était grande, brune et très belle. Elle avait 25 ans, poursuivait des études supérieures de droit international, qu'elle finançait en travaillant comme secrétaire d'accueil au rez-de-chaussée de la tour de la C. & Son Company. Elle était très bien payée et s'acquittait de sa tâche avec le plus grand sérieux, consciente que sans cette manne providentielle, jamais elle ne pourrait valider son diplôme[1].

Elle avait été formée pour recevoir les visiteurs et les orienter à travers le dédale des bureaux qui constituaient l'essentiel du bâtiment. Elle savait également éconduire poliment mais fermement les importuns – et ils étaient nombreux à tenter leur chance, en espérant croiser Justin Case, l'hé-

1. Aux États-Unis, les études coûtent très cher. Les familles s'endettent parfois pendant des années pour pouvoir payer le nécessaire à leurs enfants. Rares sont les étudiants qui n'ont pas un – voire plusieurs ! – emploi pour financer leur cursus.

ritier de la colossale fortune familiale, accumulée en quelques décennies par son défunt père, Adrian Case, génie des affaires qui avait été condamné pour l'homicide de son épouse Judith. Adrian Case avait toujours nié être l'auteur de ce crime effroyable, mais le jury ne l'avait pas entendu.

Julia Saint-Andrew n'aurait su dire ce qu'elle pensait de l'héritier, sinon qu'il était séduisant, discret et très bien élevé. Il saluait chacun des employés de la firme qu'il croisait et connaissait même le prénom des hommes de la sécurité postés aux portes de la tour.

Car pour pénétrer dans la bâtisse, il fallait franchir les vastes tourniquets automatiques de l'entrée, qui vous libéraient devant un portique électronique équipé de détecteurs de métaux. On n'était jamais trop prudent, à New York, depuis ce terrible 11-Septembre.

Parvenu au pied du dispositif sécurisé, on déclinait son identité aux gardes, qui vérifiaient scrupuleusement les papiers des visiteurs avant de les laisser libres de traverser le hall aux dimensions de cathédrale, au centre duquel un bureau circulaire était dressé.

Cette ultime étape pour les visiteurs n'était pas la plus désagréable : des secrétaires avenantes officiaient devant des ordinateurs. Elles répondaient à toutes les demandes avec un professionnalisme irréprochable et contactaient les éventuels correspondants. Ayant obtenu leur feu vert, elles commandaient les ascenseurs, accompagnaient les hôtes jusqu'aux cabines, présentaient leur badge devant le contrôle et pianotaient le code d'accès. Dans un chuintement discret, les portes de la cabine se refermaient et le tour était joué : vous arriviez au bon étage, et l'on vous accueillait sur le palier avant de vous conduire à votre rendez-vous.

Seuls deux niveaux de la tour n'étaient pas accessibles aux visiteurs : l'avant-dernier, réservé aux membres du conseil d'administration de la firme et le penthouse[1], que Justin Case occupait seul. Rares étaient, au sein de la compagnie, ceux qui y avaient un jour été conviés. L'héritier souhaitait préserver son intimité et n'étalait sa fortune sous aucun prétexte. Les consignes étaient strictes : on ne dérangeait pas Justin Case. Si d'aventure on demandait à le rencontrer, il fallait prendre rendez-vous et il ne serait venu à l'esprit de personne de lui rendre visite dans ses appartements.

---

1. C'est un « appartement-terrasse », situé au dernier étage d'un immeuble ou d'un palace. On en trouve de très nombreux à New York.

Julia Saint-Andrew officiait donc depuis quelque temps avec ses nombreuses collègues et, ce jour-là, elle vit arriver une silhouette étonnante. Un homme grand, vêtu de noir et portant des lunettes rondes, noires elles aussi, venait de franchir le portique de sécurité.

Julia ne put réprimer un haussement de sourcils.

Il était habillé à la mode gothique, ses cheveux sombres, mi-longs, encadraient un visage en lame de couteau. Il était coiffé d'un chapeau cerné de *conchos* – ces décorations mexicaines qui ornaient les ceintures et les sangles de guitare des *rock stars* ! – et allait d'un bon pas, martelant de la pointe de sa canne les dalles de l'entrée. Julia écarquilla les yeux en avisant la tête de mort argentée qui lui tenait lieu de pommeau.

Parvenu devant elle, l'homme s'éclaircit la gorge.

– Justin Case est-il présent, mon enfant ? lui demanda-t-il en lui décochant un large sourire.

Julia Saint-Andrew se ressaisit. Elle se souvint de toutes les consignes et se raidit quelque peu.

– Monsieur Case n'est pas dispo...

– Disponible, je sais, l'interrompit l'inconnu sans se départir de son sourire. Vous faites votre travail avec sérieux et je vous en félicite. Mais soyez gentille : annoncez-lui ma venue, voulez-vous ?

– Annoncer ? balbutia la jeune femme. Mais... Qui ?

Matthew Slides s'arrêta. Il porta une main à ses lunettes, les baissa légèrement pour dévoiler son regard perçant et étudia avec soin le visage gracieux de la secrétaire. Il souriait toujours.

– Vous êtes nouvelle, ici, déclara-t-il sans une once de moquerie.

– Oui, confessa-t-elle en rougissant. Pardonnez-moi, monsieur, mais je...

Soucieux de ne pas augmenter la gêne de la malheureuse, Matthew eut un geste désinvolte.

– Mais vous êtes toute pardonnée ! s'exclama-t-il. C'est moi qui me conduis comme un vieux rustre en pensant que tout le monde me connaît, ici ! Vous faites bien de me remettre à ma place.

Il saisit une carte dans sa poche, la tendit à la jeune femme et précisa :

– Matthew Slides. Je suis membre du conseil d'administration. Je peux vous assurer que Justin acceptera de me recevoir et que vous n'aurez aucun problème. Appelez-le sur sa ligne directe, nous gagnerons du temps.

Comme elle hésitait encore, il lui décocha une œillade séductrice et récita le numéro de cette ligne que seule une poignée d'initiés possédaient.

Décontenancée, Julia hocha la tête et s'exécuta.

Matthew filait déjà vers l'ascenseur privé qui conduisait directement au penthouse.

– Monsieur ! s'écria-t-elle. Attendez ! Vous ne pouvez pas...

– N'ayez crainte, jeune femme ! fit Slides en pivotant sur lui-même. J'ai le sésame !

Il agitait un badge doré qu'elle identifia aussitôt.

Julia pâlit en réalisant qu'elle avait failli refuser l'entrée à l'un des proches de son patron. Matthew Slides s'était arrêté au pied des ascenseurs. Jambes croisées, mains appuyées sur le pommeau de sa canne, il attendait patiemment.

– Oh ! feignit-il de se raviser. Et précisez-lui que la visite ne durera pas. Je compte bien l'emmener dîner quelque part.

La jeune femme était abasourdie. Qui était donc ce Matthew Slides ? Quel âge avait-il ? À l'observer de près, on aurait pu croire avoir affaire au frère aîné de Marilyn Manson... mais quelque chose émanait de sa personne, une forme d'élégance, d'éducation surannée que l'on ne trouvait plus guère que chez les anciens.

Sans parvenir à quitter l'étrange silhouette des yeux, elle finit par composer le numéro particulier.

Son correspondant décrocha à la seconde sonnerie. Sa voix était claire, lorsqu'il déclara :

– Justin Case. J'écoute ?

– Monsieur Case ? balbutia-t-elle. C'est Julia Saint-Andrew, à l'accueil. Pardon de vous déranger, mais un certain Matthew Slides désire vous voir.

– Et vous l'avez autorisé ?

Julia Saint-Andrew vacilla. Elle avait sans doute commis l'irréparable ! On l'avait prévenue à maintes reprises : on ne dérangeait pas Justin Case !

– Oui, bégaya-t-elle. Non, je... Il n'est pas dans l'ascenseur. Je peux alerter la sécurit...

Julia se sentit prise en faute. L'espace d'un instant, elle s'imagina qu'on allait la suspendre, la renvoyer... mais contre toute attente, elle entendit que le jeune homme émettait un discret rire de gorge.

– N'en faites rien ! fit Justin Case sur un ton rassurant.

– Pardon, monsieur, murmura-t-elle. Je... Je ne sais pas si...

– À l'évidence, vous êtes nouvelle, mademoiselle. C'est Julia ? C'est bien cela ?

– Oui, monsieur.

– Alors vous ne pouviez pas savoir. Matthew est mon parrain. Il est la seule famille qu'il me reste. Il est libre d'aller et venir comme bon lui semble dans la tour.

– Oh. Je vous présente mes excuses, monsieur. J'ignorais que...

– Ne vous excusez pas, chère Julia. Ça n'est pas de votre faute, on vous aura mal renseignée, à l'évidence. De plus...

Elle entendit qu'il pianotait sur un clavier. Un ronronnement métallique se fit entendre.

– Julia ?

– Oui, monsieur ?

– Vous voulez bien avoir la gentillesse de regarder sur votre gauche, vers le plafond ?

Elle s'exécuta et découvrit qu'une des caméras de surveillance avait pivoté sur son axe.

– Vous êtes brune, je l'aurais parié.

– Je ne comprends pas, monsieur.

– Matthew n'a pas pu s'en empêcher,, il vous a fait son numéro.

À ses mots, elle se sentit rougir.

– Dépêchez-vous de me l'envoyer, chère Julia., Je vous promets qu'il va m'entendre !

Justin Case raccrocha.

Julia Saint-Andrew demeura interdite, téléphone toujours à l'oreille. Là-bas, à l'autre extrémité du hall immense, la porte de l'un des ascenseurs se refermait sur Matthew Slides. Médusée, la jeune femme le vit se fendre d'une révérence comique dans sa direction.

– J'espère que vous voudrez bien pardonner les facéties d'un vieil homme, chère enfant ! lui lança-t-il.

Quand l'ascenseur partit à l'assaut de la tour, Julia finit par raccrocher. Avisant l'une de ses collègues, qui l'interrogeait du regard, elle ne put que secouer la tête pour marquer son incompréhension de la scène qui venait de se dérouler sous ses yeux.

– Un problème ? insista l'autre hôtesse d'accueil.

– Non, mentit Julia avant de retourner à son poste.

Ce Matthew Slides était le parrain de l'héritier du groupe. Il siégeait avec les plus hautes instances du consortium. Pourtant, il était habillé comme un adolescent gothique et Julia était certaine que le vieil homme, avant de disparaître, avait baissé ses lunettes d'un geste vif, pour révéler un regard vif…

Et lui adresser un clin d'œil complice.

Chapitre 5

Allistair Quinn vérifia que tous les verrous de la porte blindée étaient correctement fermés. Il se dirigea ensuite vers la fenêtre, demeura prudemment en retrait et, du bout des doigts, écarta à peine un pan du rideau sombre qui occultait la vitre. Il lança quelques brefs coups d'œil, cherchant à balayer tout le décor. Il changea de position et s'enhardit. Il s'attarda sur les zones de ténèbres pour essayer d'en transpercer le voile opaque. Il émit un râle à l'issue de son examen minutieux.

La situation était grave. *Ils étaient deux.*

Deux hommes, postés l'un à l'angle de la rue, l'autre sous le porche d'un immeuble voisin. Allistair Quinn passa une main nerveuse sur son visage et la ramena poissée de sueur froide. Sans doute les deux hommes l'avaient-ils pris en filature depuis le repaire de Sergeï Blokhine…

Mais comment avaient-ils fait pour qu'il ne les identifie pas avant d'être arrivé ici ?

« Calme-toi, se dit-il en se dirigeant vers le réfrigérateur qui ronronnait dans un angle du studio. S'ils avaient voulu t'éliminer, ce serait fait. Ils sont là pour te surveiller. »

Il découvrit la réserve de boissons entreposées dans le frigo, opta pour une petite bouteille de vodka et s'en octroya une rasade, au goulot. L'alcool lui brûla la gorge et le ventre, sans lui apporter le réconfort attendu.

Allistair Quinn s'épongea les lèvres du revers de sa manche. Sans lâcher le flacon, il retourna à la fenêtre et étudia à nouveau les deux hommes postés en contrebas.

Pour qui travaillaient-ils ? Les mafieux qu'il avait contactés par l'intermédiaire de Sergeï ? Les services de renseignements russes ? D'autres encore, dont il ignorait l'existence ?

« Arrête de te faire des films ! se rabroua-t-il. Tu réagis comme un gamin apeuré. Tu connais TOUT LE MONDE, ici. Réfléchis et demande-toi QUI a intérêt à te suivre. "À qui profite le crime ?" : c'est l'unique question qu'il faut se poser dans un tel cas de figure. Y répondre, c'est trouver toutes les solutions... »

Mais il avait beau faire défiler mentalement toutes les hypothèses, rien n'y faisait.

– Tu te fais vieux, soupira-t-il. Tu as peut-être accepté le combat de trop.

Quinn sentit que ses épaules s'affaissaient sous l'effet d'une extrême lassitude. Sa hanche droite était la proie de terribles élancements.

– Tu le savais, pourtant, que ça n'était plus de ton âge..., siffla-t-il entre ses dents. Mais tu as voulu jouer une fois de plus. Tu t'es cru plus fort que tes adversaires, espèce de vieux fou !

Il but une nouvelle gorgée de vodka, fit claquer sa langue et piqua sur un fauteuil club antédiluvien, qui laissa entendre un gémissement sinistre quand l'Irlandais s'y laissa tomber.

– Quand on a atteint l'âge de la retraite – ce qui n'est pas si fréquent dans ta spécialité ! –, on se retire du jeu, murmura Quinn. On n'essaye pas de monter des trafics avec des Russes capables d'éliminer la concurrence...

Une nouvelle rasade de vodka ne parvint pas à faire taire la voix dans sa tête. Allistair Quinn considéra soudain avec dégoût la bouteille qu'il tenait à la main. Il la déposa sur le sol, à côté de son fauteuil.

– ... et on évite de se saouler, pour garder l'esprit alerte. Sinon, on risque de commettre une erreur. Et dans ce métier, la moindre erreur se paye cash, au prix fort.

Il se redressa, comme fouetté après ce constat. Il consulta sa montre. 23 h 42. Quinn ferma les yeux et s'obligea à faire défiler dans son esprit toutes les étapes qui l'avaient mené jusqu'à ce studio, situé à deux pas du Kremlin. Repasser chacun des événements, depuis son entrevue avec Blokhine...

Quand ils en avaient eu terminé, Allistair Quinn avait remercié Sergeï pour le portable crypté et les divers jeux de papiers. Il avait pris le Russe dans ses bras en une accolade fraternelle, puis il était reparti comme il était venu : en rasant les murs, ombre parmi les ombres.

Une fois de plus, il avait suivi un parcours qui, de prime abord, pouvait sembler erratique. En le suivant, on pouvait croire Quinn sous l'emprise de la boisson ou simplement frappé d'imbécillité : il revenait soudain sur ses pas, hésitait parfois, le nez en l'air, à la manière d'un touriste perdu dans cette banlieue de Moscou. Puis il accélérait brusquement l'allure ou empruntait des allées perpendiculaires à la direction qu'il paraissait vouloir suivre. L'homme n'était pas perdu pour autant. Il connaissait parfaitement Moscou, pour en avoir arpenté les rues des années durant. C'était même tout le contraire : Allistair Quinn savait exactement où il devait aller.

Ce soir, il ne retournerait pas au luxueux appartement qu'il louait dans l'un des quartiers chics de la ville. Sergeï Blokhine lui avait remis les clefs d'un studio qui servait de planque à l'occasion – le Russe disposait ainsi de plusieurs logements, des lieux discrets, loués sous de fausses identités, qu'il utilisait dès que le besoin s'en faisait sentir.

Quand il avait donné l'adresse à Quinn, l'Irlandais avait hoqueté de surprise.

– Mais ? C'est à deux pas du Kremlin ! s'était écrié Allistair. Je t'ai dit qu'ils me soupçonnaient, je ne vais pas me rapprocher des militaires !

– Justement ! avait ricané le Russe. Je les connais bien. Ils agissent comme des loups.

Quinn avait signifié son incompréhension.

– Plus tu t'approches de la gueule du fauve, avait alors développé Sergeï, moins il sent ta présence. Les militaires aiment la chasse. Ils traquent leurs proies à distance. Si tu fonces droit au milieu d'eux, ils seront désorientés et perdront ta trace.

Blokhine lui avait déposé le trousseau dans la paume, puis il avait refermé les doigts de Quinn autour du précieux sésame.

– Fais-moi confiance, mon ami. J'ai utilisé cette planque à plusieurs reprises et je suis toujours là ! Pourtant...

Il avait esquissé un sourire triste, avant de reprendre sur le ton du secret :

– ... tu sais que moi aussi, ils me veulent ! Et tu sais ce qu'ils feront, s'ils me capturent !

Quinn avait hoché la tête. Il connaissait les règles du jeu.

– Éteins ton portable, avait ordonné Sergeï. Enlève la puce.

L'Irlandais s'était exécuté. Blokhine avait cassé le petit rectangle en le pliant et le dépliant, puis il l'avait fait fondre à la flamme d'un briquet, au-dessus de la cuvette des toilettes.

– Voilà. Tu n'utilises plus ton téléphone. Tu ne te sers que du mien. Et tu n'appelles que lorsque c'est nécessaire.

Quinn avait acquiescé une nouvelle fois.

– Merci, Sergeï.

Le Russe l'avait attrapé par la nuque, pour poser son front contre le sien en un salut martial.

– C'est normal, mon ami. Nous sommes frères de combat ! Maintenant, tu dois y aller. Il va faire nuit bientôt.

Les clefs dans une poche de son manteau, le cellulaire crypté dans l'autre, les papiers réunis dans une petite besace accrochée à son épaule, Allistair Quinn était reparti sans plus attendre. La nuit ne tarderait pas à tomber. Le soleil avait décliné depuis longtemps et sa lumière rasante éclaboussait les toits moscovites, saupoudrant les sommets des immeubles de nuées de paillettes d'or.

Dans les rues, l'ombre gagnait du terrain à mesure que s'écoulaient les minutes. Rompu à toutes les formes de filatures, Allistair Quinn en profitait, disparaissant dans les ténèbres aussi souvent qu'il le pouvait. Certaines zones d'ombre, dans le quartier où Sergeï avait trouvé refuge, étaient aussi opaques que des flaques de goudron. En s'y plongeant, Quinn devenait invisible et changeait de direction. Le subterfuge ne suffirait sans doute pas à abuser un poursuivant professionnel, mais il accordait quelques précieuses secondes à l'Irlandais, qui augmentait ainsi son avance. Pourtant, l'abus de précautions ne parvenait pas à le tranquilliser.

« Tu te fais vieux, songea-t-il. Tu n'es plus aussi vif, plus aussi rapide. Ta vue baisse. Tu dois rester sur tes gardes, si tu ne veux pas être capturé. »

Cette seule idée faisait naître dans son dos un frisson d'effroi. Il sentait qu'un voile de chair de poule lui couvrait l'échine et devait lutter contre l'envie de se frictionner. Mains dans les poches, tête rentrée dans les épaules, il allongeait le pas, priant pour ne pas être suivi.

Quand il jugea qu'il avait pris assez de précautions, il sauta dans un bus et se réfugia au milieu du véhicule, près de la porte automatique. Il exhala un long soupir et ferma un instant les paupières.

« C'est au-delà de tes forces ! se sermonna-t-il. Tu es complètement fou de t'être lancé dans une telle histoire. Quand Matthew va savoir... »

Allistair Quinn tressaillit dans son fauteuil. Il rouvrit les yeux.

Matthew ! *Il ne l'avait pas appelé !*

Machinalement, il resserra les doigts sur le cellulaire qui reposait dans sa poche. Le contact du téléphone le rasséréna un peu.

Quinn se mordit l'intérieur des joues. Quelle heure était-il ? Il espérait que Matthew Slides décroche, quand il tenterait de le joindre.

Quand il était chez Sergeï, le Russe l'avait invité à appeler son ami, mais l'Irlandais avait préféré s'isoler. Certaines choses n'étaient bonnes à entendre pour personne... et surtout pas pour lui, Allistair Quinn, qui devrait, s'il voulait obtenir son aide, mentir à l'un de ses plus vieux amis !

Il sortit le téléphone, prit une profonde inspiration et composa le numéro de Matthew Slides.

Chapitre 6

Les portes de l'ascenseur s'ouvrirent dans un glissement feutré. Malgré ses lunettes noires, Matthew Slides plissa les paupières. L'appartement que Justin Case occupait, au dernier étage de la tour de la C. & Son Company, était extrêmement lumineux. Au vrai, l'héritier avait fait effectuer divers travaux en ce sens : on avait remplacé de nombreuses façades par de gigantesques panneaux de verre blindé, qui permettaient à la lumière d'y pénétrer à loisir... et à son occupant principal de jouir d'une vue extraordinaire sur la cité. En se promenant à travers la fabuleuse demeure, on pouvait tantôt admirer à l'ouest la Freedom Tower[1] et ses alentours, tantôt observer au sud-ouest la statue de

1. De son vrai nom « One World Trade Center », ce gratte-ciel est le plus haut de l'hémisphère ouest de Manhattan. Il compte 104 étages et il est surmonté d'une flèche qui lui permet de cumuler à 541 mètres (1 776 pieds, selon l'unité de mesure anglo-saxonne, en référence à l'année de déclaration d'indépendance des États-Unis). Il fut construit sur les lieux des attentats du 11 septembre 2001. On l'a surnommé « Freedom Tower » – tour de la Liberté.

la Liberté. Au hasard de ses déambulations dans cette demeure de rêve, meublée et décorée avec goût et sans volonté ostentatoire, on pouvait étudier Central Park en toutes saisons et à toute heure, ou encore, disposer d'un panorama idéal sur le pont de Brooklyn. Accéder en ces lieux, c'était s'offrir un véritable voyage immobile. La sensation unique de pouvoir embrasser New York dans sa totalité – ce dont Matthew Slides ne se lassait pas.

– Quelle lumière ! lança-t-il en quittant l'ascenseur.

– Je suis insensible à la flatterie, cher ami ! répondit Justin avec un sourire en coin.

– Toujours la réplique vive ! le félicita son parrain. Tu as décidément été remarquablement éduqué.

– J'ai eu des précepteurs talentueux, admit le jeune homme. Ils m'ont permis de corriger les mauvaises habitudes contractées chez mon parrain.

Sitôt dit, Justin prit Slides dans ses bras.

– Tu n'étais pas venu depuis des lustres, Matthew ! Je me demandais ce que tu devenais...

– Si tu étais plus assidu au conseil d'administration, cher enfant, nous pourrions nous croiser régulièrement.

Le sourire de Justin Case s'effaça. Matthew

marquait un point, et l'héritier ne pouvait rien dire pour sa défense : il détestait les obligations de sa fonction. Les réunions du directoire lui étaient insupportables et les longues théories de chiffres, égrenées à longueur de séances, ne lui tiraient que des bâillements harassés.

Il décida pourtant de contre-attaquer.

– Pourquoi t'en es-tu pris à cette pauvre fille ? lança-t-il par-dessus son épaule tout en attrapant une bouteille de vin français et deux verres de dégustation.

– De qui parles-tu ? Que me reproche-t-on ?

Justin prit le temps de servir un premier verre, qu'il tendit à Slides. Ce dernier remercia d'un mouvement du menton. Il fit tourner le breuvage pour l'aérer et porta le cristal à hauteur de son nez.

– Superbe, commenta-t-il. Même s'il est un peu tôt pour boire !

– Je ne te propose pas de boire, corrigea Justin, mais de goûter. J'aimerais ton expertise. J'envisage d'investir dans un vignoble de France, mais je ne voudrais pas me tromper.

Slides ne put masquer sa surprise. Investir dans un vignoble ? Alors que Justin Case ne buvait d'alcool qu'en petites quantités et dans de très rares occasions ? Ce garçon avait décidément des lubies dont il ne saisissait pas l'origine...

– Il est parfait, confirma l'ancien avocat d'affaires après avoir goûté de breuvage. Ce sera un excellent investissement.

Justin accusa réception d'un hochement de tête.

– Elle s'appelle Julia, reprit-il.

– Julia ? répéta Matthew. De qui s'agit-il ?

– De la brune ravissante que tu as cru bon de terroriser à l'accueil.

– Terroriser ? s'offusqua Slides. Moi ?

– Ne répète pas tout ce que je dis, s'amusa le jeune homme. Vous êtes bien mauvais avocat, monsieur Slides, rien de ce que vous pourrez dire ici n'assurera votre défense !

Le sourire de Justin s'élargit, quand il se décida à porter l'estocade, sur le ton du reproche.

– Tu n'as pas pu t'en empêcher, il a fallu que tu joues les séducteurs !

– Quoi ? s'étouffa Slides. Mais... Tu plaisantes ? Elle pourrait être ma petite-fille !

Il attrapa l'une des branches de ses lunettes rondes et coula un regard inquisiteur par-dessus les verres.

– Tu ne me soupçonnes quand même pas d'être un de ces vieux pervers qui harcèlent les adolescentes ?

Devant sa mine défaite, Justin explosa de rire.

– Moi, certainement pas, je te connais. Mais la

petite Julia, en revanche...

Matthew rechaussa ses lunettes. Il se frotta la joue, dans une attitude contrite.

– Voilà qui est fâcheux. Comment me faire pardonner ?

Justin lui attrapa l'épaule et le guida vers l'une des baies vitrées. Le soleil se reflétait à la surface de l'Hudson River, le spectacle était à couper le souffle.

– En étant discret, à l'avenir, murmura le garçon. Et je sais que pour toi, ce sera une performance !

– Ne sois pas insolent ! s'offusqua Slides en feignant de repousser son filleul. Je peux tout entendre de toi, mais tu dois faire montre de respect envers tes aînés et mettre les formes !

Justin ne répondit pas. Il se perdit dans la contemplation du fleuve, qui semblait charrier des milliards de copeaux d'or, surnageant aux crêtes de ses vaguelettes comme autant de miroirs aveuglants.

– Si tu me parlais plutôt de cette histoire qui te tracasse ? fit-il sans détacher les yeux du spectacle hypnotique.

Matthew oublia aussitôt tout agacement. Le problème qu'il était venu soumettre à son filleul était d'une tout autre importance ! Il s'accorda quelques secondes de réflexion puis débita d'une traite :

– J'ai reçu un message inquiétant d'un vieil ami, qui se trouve actuellement à Moscou. Il s'appelle Allistair Quinn et il mène des affaires internationales d'import-export. Apparemment, il s'est mis dans de sales draps et a besoin qu'on l'aide à quitter la Russie.

– Dans de sales draps ? s'étonna Justin. Ses « affaires » ne sont pas légales ?

– Quinn a toute ma confiance, reprit Matthew Slides. Sans doute faut-il chercher du côté de ses contacts en Russie. Quand on fait des affaires à l'étranger, on a parfois de mauvaises surprises.

– Si c'est un vieil ami, comme tu dis, il n'est pas né de la dernière pluie. Il a l'habitude de ce genre de transactions et ne sera pas tombé dans le premier des pièges...

– J'ai pensé la même chose, convint Matthew. Mais ce qui m'a alerté, c'est que Quinn a utilisé un vieux code que nous avions mis au point, avec d'autres amis. Un système réservé aux messages importants... et aux situations les plus sensibles.

Justin se détourna de la baie vitrée. La voix de Slides s'était faite grondante sur les derniers mots, au point de trahir sa détresse. Le jeune homme dévisagea son parrain. Il lut la gravité sur ses traits et finit par hocher la tête.

– Si c'est l'un de tes amis, il aura bien sûr toute notre aide. Tu peux m'en dire davantage ?

Matthew Slides se détendit quelque peu. Il eut un bref mouvement du menton pour signifier sa gratitude et s'éclaircit la gorge.

– Quinn est à Moscou depuis plusieurs semaines. Il y a effectué de nombreux déplacements, depuis des années. Il joue les intermédiaires entre d'importantes sociétés à travers le monde et a tissé un formidable réseau de contacts. C'est ainsi qu'on fait appel à lui dans des situations délicates, ou pour mener à terme des négociations aux grands enjeux financiers.

– Tu sais pour quel type de médiations il s'est rendu en Russie, cette fois ? intervint Justin.

– Aucune idée. Il était censé me contacter pour m'expliquer l'affaire en détail, mais il ne l'a pas fait. Il m'avait pourtant donné, dans son message, une heure de rendez-vous et je me tenais prêt. C'est ce qui m'inquiète le plus : Allistair Quinn n'est pas homme à oublier ou à être en retard. S'il ne m'a pas encore appelé... c'est que les choses sont encore plus graves que je ne le pensais au départ.

– Il désire qu'on l'aide à quitter la Russie, nota Justin. Ça n'est pourtant pas compliqué de prendre un avion depuis Moscou.

– Apparemment, grimaça Matthew Slides, son

visa a été annulé par les autorités et il est recherché.

– Recherché par les autorités moscovites ? Cette histoire ne sent pas bon, Matthew.

– Il est certain que présentés de la sorte, les éléments ne plaident pas en sa faveur. Mais je te le répète : Quinn est un ami, je ne pense pas une seconde qu'il ait commis des actes répréhensibles.

– Et le temps de l'ex-URSS est loin, ajouta Justin. Si la police l'a dans son collimateur, c'est bien qu'Allistair Quinn a franchi certaines lignes.

– J'ai essayé de rappeler son portable, mais en vain.

– Fâcheux. Difficile de décider quelle attitude adopter avec si peu d'éléments.

Matthew Slides posa la main sur l'épaule du jeune homme.

– J'ai un mauvais pressentiment. Quelque chose me dit qu'il faut agir vite, avant l'irréparable.

Justin Case exhala un long soupir. Il saisit son portable dans la poche intérieure de sa veste et composa un numéro.

– Helena ? fit-il quand sa correspondante eut décroché. J'ai une bonne et une mauvaise nouvelle.

– Je suis en vacances, chef ! coupa-t-elle sans lui laisser l'occasion de poursuivre. On se rappelle dans quelques jours ?

– C'était la mauvaise nouvelle, reprit Justin. Tu *ÉTAIS* en vacances.

Il éloigna l'appareil de son oreille juste à temps pour ne pas avoir le tympan percé par le cri de protestation de la jeune femme.

– La bonne nouvelle, reprit-il, c'est que nous allons nous revoir. Et que nous allons partir en voyage ensemble.

– Où ça ? fit Helena avec méfiance.

– En Russie, lança-t-il sur un ton qui se voulait désinvolte. C'est très beau, Moscou.

– J'aurais préféré une île au soleil, ou le sud de la France.

– À ce propos, ma chère, je n'ai pas oublié ce que tu m'as dit au sujet des propriétés du Bordelais.

– Laisse tomber, fit-elle. Je me suis renseignée sur les prix des maisons. C'est bien au-delà de mes moyens.

Justin eut un sourire éclatant.

– Et si je te disais..., commença-t-il.

Il écarta à nouveau le portable de son oreille.

– Tu as acheté une propriété là-bas ? s'écria-t-elle. Tu as fait ça ?

Elle se mit à pousser des cris de joie. Le sourire de Justin s'élargit. Il avait bien fait de prendre une option sur ce château réputé – l'enthousiasme de la jeune femme le lui confirmait. Il lui suffirait d'un ordre à sa banque pour s'en porter acquéreur.

– Je ne me suis pas offert de maison, mais, je t'en parlerai au retour de Moscou.

– C'est du chantage ! se renfrogna-t-elle. C'est pas joli, joli, ce genre de méthodes, monsieur Case.

– Considère plutôt que ce sera une prime pour service rendu exceptionnel, coupa Justin. Maintenant, soyez gentille, jeune femme, et rappliquez ici au plus vite. Nous avons besoin de vous.

– *Sir, yes, sir!* J'appelle pour qu'on prépare le jet et qu'on régularise les papiers. On décolle dans moins de vingt-quatre heures.

– Merci.

Il allait raccrocher et se ravisa.

– Helena ?

– Oui, très cher ?

– Tu ne m'en veux pas trop ?

La jeune femme laissa entendre un rire cristallin.

– Non.

– Parfait.

– Pour ne rien te cacher, patron, c'est mon boulot. Et puis, à la vérité... je commençais à m'ennuyer. On se retrouve demain, je m'occupe de tout.

Elle raccrocha aussitôt.

Matthew Slides surveillait son filleul. Il étudiait

la moindre de ses réactions, quand Justin s'entretenait avec Helena. La jeune femme cumulait les emplois : elle était à la fois son assistante, son chauffeur, son pilote et son garde du corps. Elle était belle comme le jour, vive, intelligente, cultivée... mais jamais Justin n'avait manifesté le moindre sentiment autre qu'amical envers elle. Sonny Boy, en revanche, ne cachait pas son attirance pour Helena, qui le rabrouait systématiquement.

Justin surprit le regard insistant de Slides. Il parut lire dans ses pensées.

– Je dois appeler Sonic, fit-il en composant son numéro.

L'ancien avocat d'affaires se contenta d'un mouvement du menton. Il détourna la tête et le laissa faire.

Justin contacta Sonny Boy et lui fit le résumé succinct de la situation. Comme à son habitude, le hacker n'interrompit pas son correspondant. Il prenait des notes et ponctuait certaines phrases de brefs grognements. Justin pouvait entendre ses doigts pianoter sur les divers claviers – Sonny Boy vivait reclus dans un véritable bunker. Il avait aménagé une salle aux murs tapissés d'écrans et de nombreuses machines en réseau qui lui permettaient de s'introduire dans tous les systèmes de surveillance du monde. Même les plus sécurisés. Au vrai, Sonny Boy était un sorcier de l'informatique : aucune barrière virtuelle ne lui interdisait le passage, aucun code ne restait secret pour lui.

– OK, fit-il quand Justin en eut terminé. J'ai le dossier de ton gars.

Justin eut une mimique mi-amusée, mi-admirative : Sonny Boy jouissait d'un véritable super pouvoir. À n'en pas douter, tout en écoutant les explications de son ami, il avait téléchargé tous les dossiers concernant Allistair Quinn.

Le hacker fit entendre un sifflement admiratif.

– Sacré client ! commenta-t-il. Notre homme a eu plusieurs vies, bien remplies. Il est officiellement à la retraite, mais son parcours est plus que varié. Tu savais qu'il avait servi dans les SEAL[1] ?

– *Nope.* Mais Matthew doit m'en dire un peu plus à son sujet.

– OK. Tu as sa localisation à Moscou ?

– Non. Apparemment, la situation est tendue. Il doit se terrer quelque part.

1. Les SEAL (pour United States Navy Sea, Air, and Land), que l'on appelle plus communément Navy Seals, sont une force spéciale d'intervention de la marine de guerre des États-Unis. Ils sont considérés comme les meilleures forces spéciales du monde.

– OK, je vais pirater quelques drones et les caméras de surveillance ici ou là. Avec un ou deux logiciels de reconnaissance faciale, je devrais pouvoir le localiser.

– Merci, Sonic.

– Serviteur. Vous partez quand ?

– Je ne t'ai pas dit qu'on partait.

Le hacker libéra un ricanement entendu.

– Ben voyons ! Et c'est pour ça que tu me demandes d'effectuer des recherches !

– Jeu, set et match, maestro ! le félicita Justin. On décolle demain, mais je n'ai pas encore les horaires. On prend le jet, on file à Moscou et on improvise.

– Tu salueras Helena pour moi.

– Je n'y manquerai pas.

Justin remercia une fois encore son ami et raccrocha.

– Voilà, fit-il à l'intention de Matthew Slides en remisant son portable dans la poche intérieure de sa veste. On en parle un peu ? Je vais avoir besoin de compléments d'information, pour savoir où je mets les pieds.

– J'aurais pu y aller moi-même, hasarda Matthew.

– Pour risquer d'être retenu à ton tour ?

– En quel honneur ? Je n'ai rien fait de répréhensible, jusqu'à plus ample informé.

– Les services de renseignements russes sont parmi les meilleurs de la planète, Matthew. S'ils sont après ton ami, ils savent déjà tout de lui. Ils ont déjà établi le lien qui vous unit et ils sont probablement déjà au courant de son message. Je parierais même sur le fait qu'ils disposent du texte. Mets ne serait-ce qu'un orteil en Russie et tu risques fort d'y effectuer un long séjour. Un séjour pas vraiment agréable, qui plus est !

– Tu as sans doute raison.

– Tu as un moment ? J'ai encore de nombreuses questions.

– J'ai deux ou trois choses à faire, éluda Matthew. En revanche, je te réserve la soirée. Tu auras toutes tes réponses.

– OK, ça me laissera le temps de préparer ma valise.

Matthew prit congé. Il repartit vers l'ascenseur, quand Justin intervint dans son dos :

– Tu n'attends pas l'appel de ton ami ?

Un nuage sombre passa dans les pupilles de Slides.

– S'il avait dû appeler, il l'aurait fait. On se retrouve plus tard. Disons 20 heures, TriBeCa. Je t'invite. Je crois avoir trouvé une nouvelle adresse, depuis la fermeture du BB King's[1] à Times Square.

– Excellent ! Il y avait longtemps.

Matthew Slides pivota sur lui-même.

– Effectivement. Nous n'y sommes pas retournés depuis la mort du Roi, en 2015. On aurait pu faire la dernière, en avril 2018.

– Il est parti en 2015 ? répéta Justin. Depuis tout ce temps, déjà ? Waow. Le temps file...

– Tu ne crois pas si bien dire, jeune homme.

Soucieux de ne pas se laisser aller à la nostalgie, Slides tourna les talons et pénétra dans la cabine d'ascenseur. Il fit de nouveau face à son filleul, croisa les mains sur le pommeau de sa canne et, tandis que les portes se refermaient, lui lança :

– J'ai entendu le plus grand bien à propos d'un groupe qui sera sur scène ce soir. Il me tarde de le découvrir !

---

1. Le BB King's Blues Club and Grill était une institution à NYC. Pendant dix-huit ans, on a eu la possibilité de dîner sur place, au pied de la scène qui vit pas moins de six mille concerts. Les plus grands musiciens américains s'y sont succédé – de James Brown à Ray Charles, en passant par ZZ Top, Jay-Z, Alicia Keys, Chuck Berry, Wilson Pickett, The Allman Brothers... et bien entendu B.B. King lui-même !

Justin demeura seul dans son immense appartement. Il songea non sans attendrissement à l'éternelle passion de Matthew pour la guitare et les virtuoses qui avaient marqué de leur empreinte la tumultueuse histoire de cet instrument.

Le jeune homme se réjouit à l'avance de retrouver son parrain devant un énorme burger, non loin de la scène – c'était l'un de leurs nombreux rituels, Matthew Slides ayant eu à cœur de faire son éducation, musicale comme littéraire.

S'agissant de musique, Justin accordait toute confiance à Slides, ne doutant pas une seconde de la justesse de ses choix en la matière. La découverte serait forcément belle.

La soirée s'annonçait à la fois studieuse...

Et passionnante !

Chapitre 7

Allistair Quinn interrompit son geste. Alors qu'il allait appeler Matthew, un bruit s'était fait entendre dans le couloir. C'était un craquement léger, mais caractéristique : celui d'une latte de parquet gémissant sous le pas d'un homme qui faisait tout pour avancer en silence.

L'Irlandais étouffa un juron. Il rangea le cellulaire crypté dans une poche de son jeans, passa la main dans son dos et s'empara du Glock qu'il avait glissé dans sa ceinture. Il fit jaillir le chargeur, s'assura d'un coup d'œil qu'il était garni, le remit en position et arma lentement le 19C. Il marcha vers la fenêtre, écarta imperceptiblement le rideau et constata que les deux hommes entraperçus plus tôt n'étaient plus à leurs postes d'observation.

« Ils sont venus pour toi, se dit-il non sans amertume. Il va falloir jouer serré. »

Les mains solidement refermées autour de la crosse, il pointa son arme vers la porte et se déplaça vers elle en retenant son souffle. Il s'arrêta à deux pas de l'entrée, légèrement sur le côté. Des années d'expérience lui avaient appris qu'il ne fallait jamais rester dans l'axe – on n'était jamais à l'abri d'un tir à l'aveugle, transperçant le panneau de bois.

Quinn se campa sur ses jambes écartées. Il s'obligea à faire le vide dans son esprit. Il était calme, prêt à l'action.

Devant lui, doucement, silencieusement, on tournait la poignée de la porte. L'inconnu voulut ouvrir, comprit que la porte était condamnée à clef et n'insista pas. La poignée tourna à nouveau, dans l'autre sens.

L'Irlandais n'avait pas bougé un cil. Figé en posture de tireur, l'arme levée à hauteur de ses yeux, il s'apprêtait à ouvrir le feu.

« Allez, les gars ! songea-t-il. Ne soyez pas timides : j'ai assez de munitions dans ce chargeur pour vous cueillir tous les deux. Il n'y aura pas de jaloux. »

Il luttait pour domestiquer sa respiration, mais n'en menait pas large. Allistair Quinn se savait vieillissant, il n'avait plus ni autant de réflexes, ni autant de rapidité qu'au temps de sa splendeur, cette époque lointaine où il œuvrait au sein des troupes d'élite. Certes, il avait encore ce qu'il est convenu d'appeler « de beaux restes »... mais cela suffirait-il face à deux professionnels déterminés ?

Une fois encore, il se demanda qui avait envoyé ces deux hommes et s'empressa de chasser la pensée parasite. Pas question de se laisser distraire.

Un nouveau bruit lui parvint, depuis le palier.

Un choc violent contre la porte, puis un bruit sourd.

Et le silence, de nouveau.

Quinn résista à l'envie de marcher jusqu'à l'entrée et d'ouvrir, pistolet pointé devant lui. Il s'efforça de conserver la tête froide, effectua un mouvement rotatif pour rejoindre l'entrée et obstrua une première fois le judas avec un doigt, avant de le retirer aussitôt. Il réitéra l'opération, après quelques secondes.

Alors, il soupira.

C'était l'erreur que tous les assassins attendaient de leur victime : on se croyait à l'abri, chez soi, on se présentait à la porte, on plaçait son œil devant l'optique... et on se faisait exécuter par le tueur, qui savait, sitôt l'ombre occultant la petite ouverture, que la cible était de l'autre côté du battant.

Quinn libéra les verrous un à un. Il demeura plaqué contre la paroi, patienta encore quelques secondes pour s'assurer que personne ne tentait de pénétrer, puis il expira l'air de ses poumons, ouvrit brusquement et s'avança dans le couloir, Glock en position de tir.

Le palier était plongé dans les ténèbres. L'Irlandais raffermit sa prise sur la crosse du pistolet, doigt posé sur la queue de détente. De sa main gauche, il chercha l'interrupteur et alluma.

Il ne s'attarda pas sur le spectacle qu'il découvrit à ses pieds. Un inconnu était prostré sur le sol. Son crâne avait éclaté, traversé par une balle de fort calibre. La porte et le mur étaient éclaboussés de sang. Au sol, une fleur pourpre s'ouvrait, toujours plus grande sous le cadavre.

Quinn braqua son arme en direction de l'escalier. Il avança à pas feutrés, inspecta les marches, vers le bas, puis vers le haut. Il se figea, tendit l'oreille. Il acquit la certitude que plus personne n'était là – sans doute le tueur était-il reparti, sitôt après l'exécution.

Quinn rebroussa chemin. Il s'accroupit auprès de la dépouille et reconstitua mentalement les derniers événements. L'inconnu avait voulu s'introduire chez lui. Il était lourdement armé – il serrait encore dans sa main droite la crosse d'un pistolet-mitrailleur. Il avait testé la porte et s'apprêtait à entrer en force quand un autre homme l'avait assassiné. La balle avait frappé l'arrière du crâne, le projetant contre la porte du studio – c'était le choc sourd que Quinn avait distingué. Ensuite, l'homme s'était effondré – le bruit sourd que l'Irlandais avait perçu. Le tueur avait ensuite battu en retraite avant que Quinn sorte sur le palier, arme au poing.

Quinn n'avait pas entendu de détonation. L'assassin avait donc utilisé un réducteur de bruit. Son adversaire malheureux, en revanche, ne se souciait guère d'attirer l'attention : le Uzi dont il comptait faire usage était dépourvu de silencieux.

L'Irlandais poursuivit son examen. Il glissa deux doigts sous le col du blouson, écarta le cuir, puis attrapa le col de chemise du mort et fit de même. Il réprima un rictus en apercevant la naissance de tatouages.

– Eh merde..., siffla-t-il entre ses dents. Il ne manquait plus que ça !

L'oreille exercée de Quinn l'avertit qu'on s'agitait dans les appartements voisins. Le temps lui était désormais compté. Il pouvait déjà deviner les appels frénétiques, les signalements... Il y avait fort à parier que les services de police seraient bientôt alertés et qu'ils ne tarderaient plus à arriver. Il lui fallait donc récupérer ses affaires et quitter les lieux au plus vite.

Décidé à en avoir le cœur net, l'Irlandais procéda sans se soucier d'être surpris par un éventuel voisin de palier qui s'enhardirait au point de sortir dans le couloir. Il entreprit de déshabiller le cadavre. Avec des gestes cliniques, il ôta le blouson, puis la chemise de la victime. Il révéla dans son intégralité son torse nu, puis il fit rouler la dépouille sur le sol, pour la placer sur le côté. Ainsi, il pouvait étudier à loisir la géographie complexe des tatouages qui couvraient son torse, son dos et ses bras. À l'issue de son observation, il hocha la tête avec gravité. L'homme était un professionnel, qu'on avait embauché pour venir le tuer. Allistair Quinn approfondit son examen pour confirmer ce qu'il pressentait. Il cracha de rage en repérant le tatouage qu'il redoutait de découvrir. Il ne put retenir une grimace.

Le défunt allongé à ses pieds était un Vory V. Zakone, un membre d'une des mafias les plus redoutables de Russie[1].

---

1. Authentique : Vory V. Zakone, ou « Voleur dans la loi », est le titre de certains criminels regroupés au sein d'une organisation que certains considèrent comme « l'élite » de la mafia russe. Cette « famille » est apparue dans les années 30. Ses membres doivent respecter un code de conduite extrêmement strict – la fameuse « loi » qui leur donne ce nom.

Plus inquiétant, si l'on s'en référait aux dessins qui s'entrelaçaient sur sa peau : l'homme était un assassin. Aucun doute n'était plus permis, il était venu pour exécuter l'Irlandais. On l'avait mandaté pour cela. Les Vory V. Zakone étaient connus pour cela. Aucune cible n'était à l'abri. Quelles que soient la nationalité, l'adresse, la situation de leur future cible... si on payait le prix, les tueurs se mettaient en marche et effectuaient la sale besogne sans le moindre état d'âme.

« Dans ce métier, songea l'Irlandais avec une pointe d'amertume, on a abandonné son âme depuis longtemps. »

L'espace d'un instant, il se demanda qui avait pu payer le prix exorbitant qu'exigeaient les mafieux pour éliminer une cible.

« Tu n'as le temps pour ça, tu y réfléchiras plus tard. »

À nouveau, Allistair Quinn retrouva ses réflexes professionnels. Il parcourut les ultimes tatouages, décryptant comme dans un livre ouvert le parcours du tueur. Les symboles qui recouvraient le torse et les bras des membres de cette mafia racontaient tout d'eux, à part leur nom. Les labyrinthes de pigments colorés, qui traçaient sur leur peau des cartographies complexes, énonçaient leur clan et la fonction qu'ils occupaient au sein de l'organisation. Les Vory V. Zakone avaient, gravé dans la peau, un résumé plus exhaustif qu'un curriculum vitae... et ceci sans aucune possibilité de falsification – jouer à imiter les mafieux russes, c'était choisir d'écourter son existence dans les plus brefs délais.

Il nota mentalement le nom de clan auquel appartenait l'assassin, se redressa et retourna à pas vifs dans le studio. Là, il regroupa quelques affaires dans son petit sac, qu'il jeta par-dessus son épaule. Dans la besace de cuir, il disposait de plusieurs jeux de passeports falsifiés, de quelques chargeurs pleins et de son cellulaire crypté. Il y ajouta quelques sous-vêtements et une bouteille d'eau.

« Comme au bon vieux temps, se dit-il en quittant l'appartement, Glock braqué devant lui. Mis à part que... on n'est plus au bon vieux temps. C'est TOI qui es vieux, à présent. Les choses vont se compliquer. »

Il dévala les marches quatre à quatre et fut bientôt dans la rue. Il faisait nuit, il faisait lourd. L'air étouffant de la journée se chargeait d'humidité le soir venu. Quinn sentit que sa chemise adhérait à sa peau. Sa hanche était sensible. Il lança des regards furtifs de droite et de gauche. Il s'attendait à tout instant à voir surgir un autre tueur...

Le chant lugubre des sirènes de police, dans le lointain, le poussa à jaillir de sa cachette. Il repartit à grandes enjambées dans les rues, l'air farouche. Dans son dos, le contact du Glock glissé dans la ceinture de son pantalon ne suffisait pas à le rassurer.

Une ride profonde barrait son front, tandis que les hypothèses les plus tortueuses se succédaient dans son esprit. Il avait eu affaire non pas à un mais *DEUX* poursuivants, qui visiblement n'étaient pas ensemble. Sans doute celui qui avait disparu après s'être débarrassé du Vory travaillait-il pour un gang rival. Peut-être un ennemi juré des hommes avec qui Allistair Quinn envisageait de collaborer ? Mais comment avait-il eu vent de la transaction à venir ?

Et surtout...

Comment avait-il localisé l'appartement mis à la disposition de l'Irlandais par Sergeï ?

Quinn porta une main à ses tempes douloureuses. Il pouvait sentir le sang qui les martelait avec une régularité de masse mécanique, rythmant ses pas. L'écho de sa déambulation solitaire partait se perdre au long des ruelles noyées par un flot de nuit plus épais qu'une coulée d'encre.

Allistair Quinn serra les mâchoires. Il décida d'oublier la douleur lancinante qui martyrisait son front et ne ralentit pas la cadence. Pressé par le temps et se sachant repéré, il ne se perdit pas en manœuvres répétitives. À quoi bon s'échiner à semer d'éventuels poursuivants ? Ils semblaient savoir où il allait, quoi qu'il fasse... Même cette planque, pourtant sécurisée par Sergeï Blokhine, avait été retrouvée.

L'Irlandais ne s'expliquait pas le phénomène : un mouchard électronique ? C'était peu probable. Une filature experte ? Personne ne l'avait suivi, il en aurait mis sa main au feu. Alors ? Une surveillance invisible, utilisant les réseaux de caméras et la reconnaissance faciale ? Des drones, dont les optiques étaient capables de repérer quiconque au milieu d'une foule, pour peu que ses pilotes disposent du logiciel adéquat ?

Allistair Quinn leva les yeux au ciel en reniflant avec méfiance. Il faisait nuit noire. Les robots-espions qui survolaient la capitale étaient invisibles. On y verrait sans doute plus clair demain, quand le soleil serait de nouveau au zénith – les ailes de ces appareils téléguidés finissaient toujours par accrocher des rayons, il était facile de les repérer, pour peu qu'on sache où et comment regarder.

L'Irlandais mit un terme à ses réflexions et se concentra sur le parcours, pour rejoindre au plus vite une bouche de métro, où il s'engouffra. Il tendit l'oreille, écouta les voix qui effectuaient les annonces – masculine pour les trains en direction du centre de Moscou, féminine pour ceux qui se dirigeaient vers la périphérie – et monta dans le premier qui le rapprochait du Kremlin. Il y avait du monde dans le wagon. Quinn se posa au milieu d'une banquette, sans un coup d'œil à ses voisins.

Il restait sur ses gardes, attentif aux mouvements des uns et des autres, mais restait persuadé que ses éventuels poursuivants ne prendraient pas le risque de se montrer. Dans sa tête, les hypothèses tournoyaient.

QUI était l'inconnu qui avait éliminé le Vory V. Zakone, avant de disparaître ? Une seule chose était certaine, il ne travaillait pas pour les futurs associés de l'Irlandais car, si tel avait été le cas, il se serait manifesté auprès de lui. Or le providentiel allié était reparti sitôt son contrat rempli. La question obsédait Quinn : pour qui ce tueur, qui avait effacé une menace aussi dangereuse, pouvait-il œuvrer ? Il y avait là un véritable mystère, auquel l'Irlandais se savait incapable de proposer la moindre solution. Il ne put retenir un geste de colère, qui intrigua ses voisins.

Cette fois, tout s'accélérait !

« Tu te laisses dépasser, vieil homme ! Autrefois, tu avais toujours un ou deux coups d'avance et voilà qu'aujourd'hui tu te déplaces à tâtons comme un aveugle… ou un foutu rat emprisonné dans un labyrinthe ! »

Allistair Quinn prit une profonde inspiration, se pinça l'arête du nez et ferma les paupières. Il s'accorda un peu de répit.

En rouvrant les yeux, il avait pris sa décision. Il ne se rendrait pas dans une autre planque de Sergeï. Il prendrait une chambre d'hôtel, comme le faisaient les touristes qui investissaient le centre de Moscou. De là, il prendrait enfin contact avec Matthew Slides. Il lui décrirait la situation, sans entrer dans les détails. Autant ne pas courir le risque d'être démasqué par Slides, à qui on ne la faisait pas. Si Quinn devait mentir à son vieil ami, ce serait par omission.

Moins Slides en saurait, mieux ce serait.

Pour tout le monde.

L'Irlandais se détendit à peine. Sur ses genoux, le sac pesait. De l'autre côté de la vitre du wagon, les stations défilaient.

Pas assez vite, à son goût.

Chapitre 8

Le lieutenant Dmitri Azarov était resté à proximité du bâtiment. Il avait renoncé à suivre l'Irlandais, qui avait pris la direction du métro – du moins Azarov le supposait-il – à grandes enjambées. Les sirènes de trois voitures de police faisaient entendre leurs plaintes déchirantes et les gyrophares éclaboussaient de bleu les façades des immeubles voisins. Les véhicules se garèrent face à l'entrée. Trois passagers en descendirent, armes au poing. Les trois pilotes demeurèrent au volant, prêts à intervenir. Ils avaient établi une liaison radio, pour réclamer des renforts si le besoin s'en faisait sentir.

Dmitri Azarov resta sagement dans l'ombre du porche. De là où il se trouvait, nul ne pouvait le repérer.

Il sourit. Comme il fallait s'y attendre, les voisins de l'Irlandais n'avaient pas tardé à réagir. Ils avaient appelé la police, signalant un règlement de comptes sur le palier. Allistair Quinn, en vieil habitué de ce type de situations, était parti à temps. L'enquête ne mènerait nulle part – le propriétaire de l'appartement utilisait une fausse identité et les demandes d'utilisation des caméras de vidéosurveillance du quartier ne recevraient, en retour, que des enregistrements falsifiés.

Azarov avait pris soin de prévenir les services concernés. Ses ordres étaient stricts, ils seraient respectés à la lettre. Cette affaire était sa propriété exclusive, nul ne viendrait y interférer. Aucun des fonctionnaires qu'il avait prévenus ne se serait risqué à fâcher un membre des services de renseignements, surtout quand il présentait un mandat contresigné par le commandant Ievgueni Kouriakine : il était des sceaux particuliers, qui avaient le don d'ouvrir toutes les portes… et d'obtenir l'adhésion totale de tous, sans la moindre discussion.

Certaines habitudes, héritées de l'ex-URSS, avaient encore du bon dans cette Russie moderne.

Azarov prit donc son mal en patience et constata, après un long moment à attendre, que deux policiers ressortaient ensemble. Le premier s'empara de la radio de son véhicule et lança des appels pour obtenir l'arrivée d'une unité de police scientifique. Il fit un rapport succinct, décrivant le cadavre trouvé dans le couloir, sa situation. Le troisième policier était resté sur place pour sécuriser la scène de crime.

Tendant l'oreille, Azarov apprit que Quinn avait

déshabillé la victime. Le lieutenant hocha la tête, en connaisseur. L'Irlandais avait conservé de bons réflexes ! Il avait déshabillé la dépouille. À l'issue de son examen, il devait probablement savoir que des mafieux étaient à ses trousses. C'était un point important et Dmitri Azarov s'en réjouit : la présence de Vory V. Zakone après lui pouvait pousser Quinn à commettre des erreurs, ce qui faciliterait le travail. Bientôt, l'Irlandais serait mûr.

« Encore un peu de patience ! » se dit le lieutenant, avant de reporter son attention sur les policiers revenus vers les véhicules de service. Sans doute les trois hommes avaient-ils investi le studio occupé furtivement par Quinn. Ils avaient probablement posé des scellés et donné des ordres pour que personne ne s'approche du cadavre qui gisait sur le palier. Les spécialistes appelés en renfort procéderaient à des recherches ADN et à la levée du corps du Vory. Selon toute vraisemblance, les trois policiers avaient également interrogé brièvement les voisins et peut-être avaient-ils obtenu quelques témoignages susceptibles d'établir le portrait-robot d'Allistair Quinn, mais cela ne leur suffirait pas à retrouver l'Irlandais, Azarov en était persuadé – des hommes de cet âge et de cette stature, il s'en trouvait quelques milliers en circulation dans Moscou. Sans les précieux enregistrements des caméras, l'enquête tournerait vite en rond.

Quand il fut certain d'avoir recueilli tous les éléments intéressants, Dmitri Azarov quitta son poste d'observation et, glissant d'une zone d'ombre à une autre, il quitta les lieux sans être vu.

Sitôt tourné l'angle d'un immeuble, il s'empara de son téléphone portable et pressa la touche d'un numéro préenregistré.

– Lieutenant Azarov au rapport, fit-il quand il entendit la voix de son correspondant.

– Vous êtes sur une ligne sécurisée ?

– Oui, mon commandant.

– Parfait, grommela Ievgueni Kouriakine. Je vous écoute.

Azarov entreprit de résumer la situation. À phrases courtes, énumérant simplement les faits, il narra par le menu les derniers événements : la localisation de l'Irlandais chez son contact Sergeï Blokhine, la filature technologique qui s'en était suivie jusqu'au studio, le repérage et l'identification d'un tueur lancé à sa poursuite...

– Un tueur ? l'interrompit Kouriakine. Nous avons besoin de l'Irlandais en vie, lieutenant Azarov.

– J'ai fait le nécessaire, répliqua Azarov.

– Le… nécessaire ?

– C'était un Vory V. Zakone, éluda le lieutenant. Ses complices penseront que Quinn l'a surpris et qu'il a tiré le premier.

– Quinn sait que vous êtes intervenu ? Voilà qui est fâcheux…

– Il a trouvé le Vory sur le palier. Les policiers arrivés sur les lieux l'ont confirmé : il a même déshabillé le cadavre. Il sait donc maintenant à qui il a affaire.

– Mais il ne vous a pas vu…

– Non, mon commandant. Je suis formel sur ce point. Il pensera qu'un gang rival est également après lui, ce qui est normal compte tenu de l'affaire qui…

– J'entends bien, coupa Kouriakine. Reprenons. Il a obtenu l'aide de Sergeï Blokhine, c'est bien cela ?

– Affirmatif.

– Étonnant. Il y avait longtemps qu'on n'avait pas entendu parler de lui…

– Il était passé sous les radars, confirma Azarov, mais Blokhine est toujours là, quand les affaires sont rémunératrices à ce point. J'avais pris sur moi, il y a quelques mois de cela, de demander à mes hommes de toujours le garder sous surveillance.

– Vous avez bien fait.

Cette fois, Dmitri Azarov ne put réprimer un sourire. Kouriakine était avare de compliments et voilà qu'il venait d'en proférer un !

Le ton soudain rogue de son supérieur le ramena à la réalité.

– Toutefois, impossible de nous réjouir. Allistair Quinn sait maintenant que nous sommes à sa recherche.

Le lieutenant s'éclaircit la gorge.

– Non, mon commandant. Je suis formel : il n'a pas pu m'identifier. J'agis en civil... et je connais mon métier.

Kouriakine acquiesça en silence. Le lieutenant Azarov avait été formé dans les Spetsnaz[1]. Il était sorti du détachement Feniks, avec des rapports élogieux. Il avait l'habitude des interventions en tous lieux, partout sur la planète. Il savait faire disparaître ses victimes et se fondre à son tour dans le décor. C'était pour ces compétences très particulières qu'on lui avait confié la mission.

– Fort bien, finit par articuler Kouriakine. Poursuivez la surveillance. Et dès que vous avez identifié

1. Spetsnaz est la contraction de « Spetsial'noïe Naznatchéniyé », qui désigne en Russie les services d'intervention spéciaux de la police, du ministère des Affaires intérieures et du ministère de la Justice.

les responsables du trafic...

– J'élimine l'Irlandais, déclara Azarov.

– Et vous faites disparaître tous ceux qui, de près ou de loin, ont été en relation avec lui.

Azarov blêmit. Il demanda confirmation.

– Cela inclut-il ses contacts à l'étranger, mon commandant ?

– Tous les contacts, lieutenant Azarov. Sans exception.

– À vos ordres.

Dmitri Azarov raccrocha. Il considéra un instant son téléphone, comme s'il s'était agi d'une créature étrange, puis, à contrecœur, rédigea un message à l'intention de ses hommes en déplacement aux États-Unis.

Les ordres étaient les ordres, on ne les discutait pas...

En particulier ceux du commandant Kouriakine !

Chapitre 9

Matthew Slides avait sauté dans un taxi pour se faire déposer à Central Park. Il s'offrit une nouvelle promenade dans ce poumon de verdure qui s'étendait au centre de Manhattan et, les écouteurs MP3 rivés aux oreilles, il longea le zoo avant de prendre la direction de l'est. Il s'engagea dans la 63e Rue, augmenta le volume sonore de son lecteur de musique et fila sur le trottoir de droite d'un pas alerte. Dans le casque, les voix rocailleuses de The HU s'élevaient, semblant jaillir de tous les côtés à la fois. Slides martelait en rythme le macadam, marquant la cadence. Il frappait le sol de la pointe d'acier de sa canne, esquissant parfois des petits pas comiques. The HU[1] proposait un étonnant mélange de modernité et de tradition : le groupe mongol mixait des instruments classiques, des chants issus de la steppe... et tout ce que le *metal rock* pouvait proposer aujourd'hui. Classicisme et innovation, le

1. www.thehuofficial.com/

cocktail ne pouvait que séduire l'ancien avocat d'affaires, qui avait découvert le groupe en surfant sur Internet.

Passant devant la célèbre Society of Illustrators, ce club ouvert où l'on pouvait déjeuner ou boire un verre, cerné par des tableaux originaux de Norman Rockwell et d'autres géants de l'illustration américaine, Slides ralentit. Il sembla hésiter, puis reprit son déplacement. L'arrêt soudain lui avait permis une vérification rapide.

« Tu es encore là, se dit-il. Un moment, j'ai cru t'avoir perdu. Tu es plutôt bon, dans ta spécialité. »

Le dandy new-yorkais repartit de plus belle vers sa destination, qu'il atteindrait dans quelques blocs. À une cinquantaine de mètres derrière lui, l'inconnu s'échinait à le suivre en se faisant le plus discret possible. Sans doute aurait-il abusé la plupart des habitants de *Big Apple*, mais Slides était bien plus redoutable qu'on eût pu le croire de prime abord – ils étaient nombreux à s'être laissé berner par l'apparence désinvolte de ce vieil excentrique. L'homme qui avait entrepris de le filer serait le prochain sur la liste.

Matthew trouva sur sa droite ce qu'il cherchait : l'entrée étroite d'un immeuble, conduisant à une cour intérieure. Un hall sombre, plongé dans une ombre dense et débouchant soudain sur un espace envahi de soleil aveuglant. Slides y pénétra tout en dansant au rythme de The HU mais, sitôt passé l'angle de la bâtisse, il mit les quelques secondes pendant lesquelles il fut invisible à son poursuivant pour se glisser dans un renfoncement du mur. Recroquevillé là, il ôta ses lunettes noires et les remisa dans une poche intérieure de sa veste. Puis il s'adossa à la paroi, coupa le son de son casque, ralentit sa respiration et demeura les deux mains refermées sur sa canne.

Tous sens aux aguets.

Il n'eut pas longtemps à attendre : son mystérieux poursuivant pénétra dans le hall à son tour. Il murmura un juron dans une langue que Matthew Slides identifia comme du russe. L'homme, soucieux de ne pas perdre sa proie, traversa à grands pas le hall sans noter la présence du dandy. Il s'arrêta à la limite de la cour. Là, il leva une main en visière au-dessus de ses yeux et étudia le décor. Les paupières plissées, il nota que trois portes s'ouvraient sur la cour, menant toutes à des étages différents.

À nouveau, il jura en hésitant. Il grommela quelques phrases en russe, d'une voix sourde : devait-il tenter sa chance, ou rester là, à l'affût, dans l'espoir que le dandy finisse par revenir sur ses pas ?

Dans son dos, Matthew Slides avait eu le temps de jauger son adversaire. L'homme se découpait en contre-jour. Il se tenait solidement ancré au sol, sur ses jambes écartées. Un simple coup d'œil suffisait pour noter une carrure imposante de boxeur poids lourd. Le Russe portait le cheveu ras, il était vêtu d'un blouson d'aviateur sombre. Ses chaussures de sport lui permettaient de courir... et de ne pas faire de bruit si d'aventure il devait se glisser quelque part pour surprendre sa victime. Tout dans son allure trahissait une forme physique excellente. À ses gestes souples et toniques, tout comme à la qualité de ses déplacements, Slides devina chez l'inconnu une authentique connaissance du combat. Le verdict fut immédiat : c'était probablement un militaire encore en activité... ou un mercenaire remplissant une mission de surveillance. La bosse qui déformait son blouson à hauteur de l'aisselle gauche ne laissa planer aucun doute à ce sujet – l'homme était armé.

« Tu n'auras pas droit à deux essais ! » s'encouragea Slides.

D'un geste vif, il fit tourner sur lui-même le pommeau de sa canne pour le libérer, puis il jaillit de sa cachette.

– Je suis là ! déclara-t-il en atterrissant à deux pas de l'inconnu.

La réaction de ce dernier fut stupéfiante : il ne sursauta pas, mais pivota aussitôt pour faire face au dandy. Dans le même temps, il écarta de la main gauche un pan de son blouson et envoya voler la droite vers le pistolet suspendu à un holster de poitrine.

Il était jeune. Il était rapide. Il était professionnel.

Pas assez, toutefois, pour prendre Matthew Slides de vitesse. Le dandy s'attendait à une telle riposte. Il fouetta l'air d'un geste vif du poignet. Sa canne décrivit en sifflant un mouvement circulaire et la tête de mort qui ornait son pommeau atteignit la tempe de son adversaire.

Celui-ci avait eu le temps de refermer la main sur la crosse de son arme, qu'il laissa glisser sur le sol. Il vacilla, tandis que des étoiles sombres explosaient devant ses paupières papillonnantes.

Slides lança un rapide coup d'œil vers l'arme qui gisait sur les pavés du hall. Il nota qu'il ne s'agissait pas de l'antique Makarov[1], mais bien d'un pistolet de

1. Le Makarov est un pistolet de calibre 9 mm qui équipait l'armée et la police russes depuis le début des années 50 – il remplaça alors le mythique Tokarev. Il est depuis peu remplacé à son tour par un pistolet de dernière génération, le Oudav (qui signifie « boa » en russe).

nouvelle génération. Le Russe s'ébrouait en grognant, peu décidé à capituler pour si peu.

Le dandy ne lui laissa pas l'occasion de recouvrer ses esprits. À nouveau, sa redoutable canne fendit l'espace. Elle frappa cette fois le genou avancé de l'inconnu, qui libéra une plainte rauque avant de tomber à la renverse sur le sol. Le Russe crispa les mâchoires pour ne pas hurler quand la douleur irradia dans sa jambe. Il effectua un mouvement de bascule en se tenant la rotule – à peine ses épaules avaient-elles touché les pavés qu'il avait amorcé une rotation. Il tendit les doigts vers son arme en proférant ce que Slides identifia comme des insultes.

Matthew avait désolidarisé sa canne-épée. Il se fendit et sa lame transperça la main du Russe qui, cette fois, ne put retenir un cri de souffrance. Slides imprima à son arme un violent mouvement de torsion.

– Tu ne bouges plus ! ordonna-t-il sur un ton rogue.

Sans libérer le Russe, Slides s'accroupit et attrapa le pistolet, qu'il glissa dans sa ceinture. Il se redressa aussitôt, dégagea sa lame de la chair de son adversaire et recula prestement.

L'autre n'en menait pas large. Il pressait la plaie avec sa main valide et grimaçait de douleur. Il se releva lentement.

– Doucement ! aboya Slides en pointant l'extrémité de sa canne-épée. Ne m'oblige pas à en faire davantage.

L'inconnu acquiesça.

– Qui t'envoie ? demanda Slides.

L'homme signifia son incompréhension. Il se mit à parler en russe, secouant la tête de droit et de gauche.

Matthew Slides eut un rire sec.

– Ne me prends pas pour un imbécile, tu as parfaitement compris ce que je t'ai dit jusqu'à présent.

Il se fendit et posa la pointe de son épée sur la gorge de son adversaire. Une goutte de sang perla, là où il appuyait.

– Un mouvement trop rapide... et tu es mort ! prévint Slides. Cette épée est si effilée qu'elle peut traverser sans effort une planche de bois de dix centimètres d'épaisseur. Tu peux me croire, j'ai déjà tenté l'expérience. Ce n'est donc pas une gorge de Russe, même costaud et entraîné, qui lui résistera. Tu vas vider tes poches. Très lentement. Quand tout sera posé devant toi, tu reculeras.

L'homme hésita. Il fit mine de ne pas comprendre, mais une nouvelle pression de la lame sur son cou eut raison de ses ultimes réticences. Il finit par s'exécuter et déposer à ses pieds un téléphone cellulaire, un jeu de clefs de voiture et un portefeuille.

– Tu peux prendre les clefs, commenta Slides. Doucement. Parfait. Maintenant, recule !

Le Russe obéit. Il fixait sur Matthew Slides des yeux sombres, au fond desquels brillait une évidente envie de meurtre.

– Oublie ça, l'avertit Slides. Je ne suis pas aussi vieux et faible que j'en ai l'air. Et tu es encore trop jeune pour mourir.

Il lut dans le regard du Russe que le message était passé.

– Qui t'envoie ? répéta-t-il.

À nouveau, il n'obtint pour toute réaction qu'un silence buté. Matthew Slides émit un soupir las.

– OK. Tu connais The HU ?

Cette fois, il vit l'incompréhension déformer les traits de son adversaire.

– Tu devrais, poursuivit-il. C'est excellent.

Il écarta soudain son épée et désigna de sa pointe luisante l'entrée de la bâtisse.

– Maintenant, dégage !

L'homme ne se le fit pas dire deux fois. Il enfourna ses clefs de voiture dans la poche de son bombers et repartit en direction de Central Park en maintenant sa main blessée contre son torse.

– Ne jamais sous-estimer un vieil homme qui écoute du rock mongol, mon ami ! commenta Slides dans son dos.

Il se pencha et ramassa d'un geste bref le pistolet, le portefeuille et le cellulaire. Il remisa tout son butin dans les diverses poches de sa redingote, puis il quitta l'immeuble et repartit à marche rapide vers sa destination.

Le smartphone du Russe vibra soudain.

Le message que Slides découvrit le glaça.

– Quinn, murmura-t-il. Dans quel merdier t'es-tu encore fourré ?

Il rejoignit rapidement la destination et, après s'être assuré de n'avoir pas été suivi cette fois, se présenta au videur imposant qui gardait l'entrée.

Chapitre 10

Allistair Quinn s'était retranché dans une chambre d'hôtel. Assis sur le lit, le pistolet à portée de main, il demeura un moment le souffle court. Il vérifia d'un regard circulaire que les rideaux étaient tirés, que la chaînette interdisant l'ouverture de la porte était en position – c'était là une piètre défense, l'Irlandais en avait conscience, mais il ne disposait que de cela pour ralentir un éventuel assaillant. Il avait renoncé à déplacer la commode pour obstruer l'entrée, soucieux de ne pas éveiller la méfiance du personnel de l'hôtel, qui pouvait lui rendre visite à tout moment…

Il constata non sans amertume que ses mains tremblaient.

« Tu es trop vieux pour ces histoires, se dit-il. L'heure de la retraite avait sonné depuis longtemps, mais tu n'as pas voulu l'entendre. Voilà où te mène ton inconséquence : on peut faire tous les choix, dans la vie… mais il faut pouvoir les assumer. »

L'Irlandais prit une profonde inspiration, puis il saisit le cellulaire remis par Sergeï et composa le numéro de Matthew Slides. En tombant directement sur la boîte vocale, il hésita un instant puis, n'y tenant plus, se résolut à laisser un message.

– Salut, Matthew ! fit-il d'une voix qu'il s'efforçait de maintenir la plus calme possible. Je suis désolé de t'appeler dans ces conditions, l'ami. Tu as certainement eu mon précédent message, tu l'as décodé et tu as compris que la situation était compliquée. Mais la vérité vraie, c'est que c'est pire que ça, Matthew. Je suis bloqué à Moscou… et c'est la merde. Une sacrée foutue merde, ouais, dans laquelle je me retrouve plongé jusqu'au cou et où je vais finir par me noyer pour de bon, si personne ne m'aide. Je vais te la faire courte : j'utilise un téléphone intraçable parce que je suis probablement sur écoute et surveillé. C'est un contact russe, dénommé Sergeï, qui m'a donné ce cellulaire crypté. J'ai toute confiance en lui. Il n'est ni agent gouvernemental, ni affilié à une mafia. C'est un authentique free-lance, avec qui j'ai travaillé par le passé. Un type loyal. Sergeï m'a également donné l'adresse d'une planque, où je pensais me réfugier en attendant de pouvoir tout t'expliquer, mais ça n'a pas suffi. On m'a retrouvé là-bas et on a tenté de m'abattre, il y a moins d'une heure.

La voix de l'Irlandais s'était enrouée. Il s'obligea à inspirer et expirer lentement, puis il reprit :

– J'ai trouvé le cadavre d'un tueur sur le palier. Un Vory V. Zakone, Matthew, un putain de Vory, couvert de leurs saletés de tatouages ! Tu sais comme moi ce que ça signifie, vieux frère – je ne tiendrai pas longtemps. Ces gars-là honorent toujours leurs contrats. Pire encore : j'ignore tout des motivations de celui qui l'a descendu, mais il a disparu et doit donc toujours être sur mes traces. Je ne sais pas de qui il s'agit, ni combien de temps je vais pouvoir échapper à mes poursuivants. Je n'ai plus la possibilité de prendre un avion – tu penses bien que si ça avait été le cas, je serais déjà à New York, en train de siroter une bière à une terrasse de TriBeCa[1] ! On m'a piégé, Matthew, je suis venu ici pour un gros coup, un très gros coup. Je pensais avoir affaire à des gens dignes de confiance et il s'avère que les pires mafieux russes ont décidé d'entrer dans la boucle. Tu sais combien il est facile d'invalider un visa et si

1. TriBeCa – ou Tribeca – est une ancienne zone industrielle située à la pointe du sud-ouest de Manhattan. Des entrepôts y ont été transformés en lofts, de nombreux commerces et restaurants y ont ouvert et c'est aujourd'hui un quartier branché de la Grosse Pomme.

je me présente à un comptoir d'aéroport, je vais finir au fond d'une geôle, avec peu de chance de revoir un jour la lumière...

Quinn s'interrompit une nouvelle fois. Il se massa vigoureusement le visage, comme pour se débarrasser d'un voile imaginaire plaqué sur sa peau, puis il libéra un rire aigre et ajouta :

– Je suis trop vieux pour ces conneries, Matthew ! Je n'ai aucune issue. J'ai besoin de toi, il faut que tu m'aides à me sortir de ce piège. Tu dois avoir des dizaines de questions et j'espère pouvoir y répondre mais...

Il chercha ses mots. Le moment crucial était arrivé, mais il n'avait pas eu le temps de s'y préparer ! Tout se jouerait pourtant là, en quelques phrases. Il devait expliquer sa situation à Slides, sans pour autant tout lui dévoiler.

L'Irlandais connaissait suffisamment son vieil ami, pour savoir que ce dernier ne s'engageait pas à la légère et qu'il ne défendait jamais des causes allant à l'encontre de ses convictions. Il fallait donc mentir, au risque d'être démasqué... ou bien se contenter de présenter les choses sous un certain angle, quitte à s'expliquer plus tard, quand tout serait fini et qu'il s'en serait tiré – si toutefois il parvenait à s'en tirer !

Allistair Quinn renifla en hochant la tête.

– J'ai accepté un deal avec les mauvaises personnes, lâcha-t-il comme à regret. Je pensais être plus malin, mais je n'ai rien vu venir. Mes contacts russes ont compris que quelque chose n'allait pas et, plutôt que de mettre un terme aux négociations, ils ont décidé de m'éliminer. On ne plaisante pas avec ce type de marchés, Matthew, on ne plaisante pas avec…

L'Irlandais se mordit l'intérieur des joues.

Que faire ? En dire trop et courir le risque que Slides refuse d'agir ? Ne pas libérer assez d'informations et le laisser tellement dans le flou que l'ancien avocat d'affaires ne puisse pas répondre ?

Il décida de se lancer :

– On ne plaisante pas avec le recyclage des ogives nucléaires.

Quinn raccrocha sitôt ses derniers mots prononcés. Il écrasa le téléphone contre ses lèvres, pour retenir le gémissement qu'il sentait monter dans sa gorge.

Les dés étaient jetés. Son sort ne dépendait plus que d'une décision.

Celle de Matthew Slides.

Chapitre 11

Un colosse vêtu d'un pantalon de treillis et d'un t-shirt moulant kaki gardait l'entrée du club privé. Il se tenait adossé à l'une des parois, dans l'ombre, et mâchonnait un cure-dents en bois. Ses yeux étaient cachés par une paire de lunettes noires. Ses bras étaient couverts de tatouages. C'était le genre d'hommes au-dessus duquel on devine le panneau géant : « Ne cherchez pas de problèmes, vous les avez trouvés. »

Il étudia l'étrange visiteur qui se présentait à lui : un type sans âge, à l'incroyable accoutrement de dandy gothique – veste de redingote noire, chapeau, lunettes rondes, canne à pommeau d'argent en forme de tête de mort, bottines pointues, cheveux noirs encadrant un visage en lame de couteau… et sourire conquérant.

– Désolé, fit le videur en levant une main qui ne tolérait aucune négociation, c'est un club privé. Les étrangers n'y sont pas acceptés.

L'homme s'arrêta. Il fit glisser ses lunettes le long de son nez aquilin et révéla un regard clair, aux reflets électriques.

– Vous êtes nouveau, ici ? demanda-t-il.

– Non. Et je ne vous ai jamais vu, mon vieux. C'est privé et mon job, c'est de m'assurer que...

– ... que seuls les membres peuvent entrer, acheva Matthew Slides.

Il leva la main qui tenait sa canne, maintint le bras en direction du géant et, de sa main libre, entreprit de défaire les boutons qui fixaient la poignée mousquetaire de sa chemise à jabot. Il releva le tout d'un geste vif, révélant la face interne de son avant-bras et le tatouage gravé dans sa peau.

– Oh ! s'étouffa le garde. Désolé. Je... je ne pouvais pas deviner qu...

Slides eut une mimique magnanime tout en réajustant sa tenue.

– Ne vous en faites pas, mon ami : il n'y a aucun souci. Je ne suis pas venu depuis longtemps et ma tenue peut parfois prêter à confusion. Disons simplement que nous n'éprouvons pas tous le besoin nostalgique de porter nos anciennes tenues de combat. Et puis, vous faites votre travail avec le plus grand sérieux et ça n'est pas moi qui vous le reprocherai !

Le géant s'était effacé, il ouvrait la porte. Matthew Slides ôta son chapeau et s'introduisit dans le club plongé dans la pénombre.

– Sam est là ? demanda-t-il au passage.

– Ouais, confirma le géant. Fidèle au poste : vous le trouverez derrière le bar.

– Merci, mon ami, répondit Slides en lui adressant une claque complice sur l'épaule.

Il s'engagea entre les tables, distribuant à l'entour de brefs mouvements de tête pour saluer les habitués qui devisaient à voix basse, regroupés en comités restreints autour de tables rondes. On levait le nez en direction du nouvel arrivant, puis on revenait à la discussion en cours.

La décoration de l'endroit était chaleureuse : des fauteuils clubs semblant jaillir tout droit de vieux films hollywoodiens, un parquet impeccablement ciré, un long comptoir, auquel certains avaient pris place, juchés sur des tabourets datant des années 50 ou 60. Un ventilateur brassait l'air ambiant. Dans un coin, un antique juke-box diffusait en sourdine des morceaux datant de la guerre du Viêtnam – des chansons de Creedence Clearwater Revival, de Bob Dylan ou de Johnny Cash. Au mur, des photos de divers bataillons étaient encadrées. Tous les conflits avaient droit au chapitre : Corée, Japon, Viêtnam, Irak... des plus anciens aux plus récents. Sur les clichés, la plupart en couleur, des hommes en uniformes souriaient à l'objectif, adressant des pouces levés ou des doigts écartés en « V » de victoire. Chaque fois qu'il posait les yeux sur ces portraits, Slides avait un pincement au cœur.

C'était un club très privé, l'un des plus discrets de Manhattan. On n'y croisait que des ex-militaires, dont la plupart vivaient tranquillement et n'éprouvaient que le besoin de venir là pour échanger avec d'anciens frères d'armes et évoquer autour d'un verre des épisodes du passé. On n'y côtoyait pas de va-t-en-guerre et l'ambiance était feutrée, même si certains des membres, incapables d'affronter sereinement la retraite, reprenaient du service dans des sociétés privées ou vendaient encore leurs talents dans des sections de mercenaires.

Matthew Slides piqua droit vers le comptoir, derrière lequel officiait un géant à l'incroyable chevelure rousse, éternellement en bataille.

– Matthew Slides ! s'écria-t-il en apercevant le dandy. *Long time no see*[1]*!*

---

1. Expression courante, aux États-Unis. On la dit héritée des *Native Americans*, qui parlaient un anglais approximatif. C'est l'équivalent de « Ça faisait un bail qu'on ne s'était pas vus ».

– Effectivement, admit Slides en prenant place sur un tabouret.

Il déposa son chapeau et sa canne sur le comptoir devant lui et retourna son sourire radieux au géant rouquin.

– Comment vas-tu, Sam ?

Le barman gratta du pouce la barbe qui lui dévorait les joues.

– Toujours en vie, toujours en poste. Que demander de plus ?

Il adressa un clin d'œil à Slides et ajouta :

– *Semper Fi*[1], en résumé.

Il avait posé d'autorité une bière devant Slides, qui leva la bouteille dans sa direction.

– *Semper Fi*, répéta-t-il avant de s'octroyer une gorgée au goulot.

Passées les civilités, le rouquin redevint grave.

– Tu as quelque chose à demander.

– On ne peut rien te cacher, Sam.

Le barman considéra le sourire carnassier de Matthew, puis il s'accouda au comptoir, juste en face de lui.

---

1. Pour « *Semper fidelis* », devise latine qui est celle du corps des Marines des États-Unis.

– On ne va pas se raconter de conneries, Matt, tu ne viens ici que quand tu as un problème, ou que tu as des questions à poser.

– C'est un reproche ?

– Non. Un constat. Chacun fait comme il veut, mon ami. Tu sais que tu seras toujours le bienvenu ici. Cette maison est la nôtre, en tout temps, en toute heure.

Matthew Slides acquiesça, avant de s'accorder une nouvelle rasade de bière. Puis il fouilla dans l'une des poches de sa redingote et en extirpa le pistolet subtilisé quelques minutes auparavant à son agresseur.

– Ça te dit quelque chose ?

Admiratif, Sam siffla entre ses dents.

– Je peux ? demanda-t-il en désignant l'arme.

– Je t'en prie.

Le rouquin referma sa main énorme sur la crosse du pistolet, qu'il fit tourner en l'étudiant. D'un geste précis, il fit jouer la culasse.

– Beau joujou, commenta-t-il. Je n'ai jamais eu l'occasion de m'en servir et pour cause : c'est un Oudav russe.

Slides accusa réception.

– Une arme redoutable, poursuivit Sam. Conçue pour remplacer le Makarov. Un chargeur de dix-huit cartouches, chambrées en 9 × 21 mm. Ce flingue peut abattre un homme à plus de deux cents mètres et les ogives qu'il envoie sont capables de transpercer un gilet pare-balles conventionnel.

Matthew Slides demeurait impassible, mais les hypothèses s'entrecroisaient dans son esprit. Pourquoi avait-on envoyé un homme aussi lourdement armé à sa poursuite ? Quel mafieux russe pouvait s'intéresser à un ancien avocat d'affaires ?

– Le seul défaut de cette arme, poursuivait Sam, c'est d'être quasiment impossible à utiliser en ville. Trop puissante, trop létale. Du coup, seuls quelques militaires russes en sont équipés pour le moment – les escadrons d'élite et ceux qui sont envoyés sur le terrain.

Il s'assura que la sécurité était toujours enclenchée et reposa avec précaution le « boa » sur le comptoir.

– Je peux savoir où tu t'es procuré ce flingue ? demanda-t-il.

– Sur un type hostile, qui me suivait depuis ce matin à travers Manhattan. Et qui parlait russe.

Sam se redressa. Une ombre passa devant ses yeux.

– Merde, grogna-t-il. C'est pas bon, mec, pas bon du tout ! Ça voudrait dire...

– ... que des militaires russes en ont après moi ! soupira Matthew.

– C'est peut-être un membre d'un gang, ou un free-lance ? hasarda le rouquin.

Slides écarta la possibilité d'un geste du menton.

– Non. Tu as dit toi-même que seuls les militaires en étaient équipés et encore, pas toutes les troupes.

Sam lui coula un regard méfiant.

– Tu es allé en Russie, ces derniers temps ?

– Si c'était le cas, je m'en souviendrais ! ricana Slides.

– Alors, je ne vois pas pourquoi ce mec en avait après toi. C'est peut-être une erreur ?

– Ces gars-là ne font pas d'erreur, objecta Slides.

– Tu l'as...

Sam baissa la voix et poursuivit sur le ton du secret :

– Tu l'as effacé ?

– Non. Il est reparti sans ses papiers et son arme.

Sam ravala un juron.

– Tu aurais dû. Laisser ce genre de types en vie, c'est multiplier les chances qu'ils recommencent. Et comme tu le dis : ils ne font pas d'erreur. En tout cas, pas deux fois.

Matthew Slides leva sa bière dans un geste fataliste.

– On verra bien !

Sam restait sombre.

– Tu as besoin d'aide ? demanda-t-il. Il y a ici des gars qui peuvent assurer ta protection et, au besoin...

Slides choisit de ne pas le laisser poursuivre.

– Merci Sam, mais... Moins nous mêlerons de camarades à cette histoire et mieux nous nous porterons tous.

Il but une dernière gorgée de bière, laissa un billet sur le comptoir et descendit de son tabouret.

– Merci pour tout, vieux frère ! fit-il en faisant à nouveau disparaître l'Oudav dans une poche de sa veste noire. Je repasserai bientôt te raconter tout ça.

Il lut dans son regard que le barman ne partageait guère son bel optimisme.

– J'espère bien te revoir, Matthew, fit Sam avec gravité. J'espère bien !

– Ne t'en fais pas : ce n'est pas le premier à vouloir m'attaquer. Et je suis toujours là, pas vrai ?

– Si tu le dis..., grommela le géant. Mais souviens-toi : si tu as besoin de quoi que ce soit, tu sais où nous trouver.

Le dandy lui adressa un sourire reconnaissant.

Il récupéra sa canne et son chapeau, se fendit d'une parodie de révérence pour saluer une dernière fois son hôte et pivota sur lui-même.

– À vous revoir, messieurs ! lança-t-il à la cantonade.

Quelques verres furent brandis dans sa direction.

– *Semper Fi !* déclarèrent les uns.

– À ta santé, *bro* ! lancèrent les autres.

Slides sourit en quittant le club. Il avait effectivement la ferme intention de veiller à sa santé ! Il glissa au passage un billet dans la main du colosse qui gardait l'entrée et renonça à rejoindre Central Park à pied – si le Russe était toujours dans le secteur, autant éviter de déclencher un règlement de comptes dans la rue...

Surtout avec des armes possédant une telle puissance de feu.

Il fit signe à un taxi jaune, grimpa à bord et indiqua la destination au chauffeur. Il consulta sa montre de gousset, constata qu'il disposait encore d'un peu de temps avant son rendez-vous avec Justin – de quoi remettre en ordre tous les éléments qu'il avait glanés – et s'installa confortablement sur la banquette moelleuse de la berline.

Dans la poche intérieure de sa veste, son téléphone vibra. Slides consulta l'écran. Le club privé était équipé d'un brouilleur – ainsi en avaient décidé les membres, afin de ne pas être dérangés par des appels intempestifs et les stridences continues des cellulaires –, il n'avait donc pas pu recevoir l'appel de son correspondant.

Matthew fronça les sourcils. Il y avait bien, dans sa boîte vocale, un message enregistré, mais aucun numéro n'apparaissait. Même la mention « numéro inconnu » faisait défaut.

Il porta le téléphone à son oreille et lança la lecture du message.

Il reconnut aussitôt la voix d'Allistair Quinn.

Slides sentit que son cœur s'emballait quand il raccrocha. Il hésita à réécouter les mots de son ami, mais jugea plus prudent de le faire quand il serait descendu du taxi et aurait trouvé un endroit calme et isolé.

Il remisa avec précaution son cellulaire et se massa les tempes.

– Quinn, mon pauvre Quinn…, murmura-t-il. Dans quelle galère es-tu encore une fois monté ?

Il songea à Justin Case.

Et à la façon dont il lui faudrait présenter les choses, pour que son filleul accepte d'agir.

Chapitre 12

De grosses perles de sueur étaient apparues sur le front de Sergeï Blokhine. Il surveillait la porte de son repaire en se demandant combien de temps elle résisterait aux assauts répétés des hommes venus équipés d'un bélier. La structure renforcée tremblait sous les charges brutales, dans un vacarme épouvantable. Les « BAM !!! » qui explosaient dans la pièce devaient résonner de façon plus formidable encore sur le palier, mais les trois hommes cagoulés – les caméras de surveillance disposées depuis l'entrée de l'immeuble avaient averti Sergeï – n'en avaient cure. La porte gondolait sous les frappes. Elle tiendrait encore un peu… mais les gonds, eux, ne tarderaient plus à céder. Alors, le panneau blindé s'effondrerait, libérant le passage aux agresseurs.

Sergeï savait la situation désespérée. Ce cas de figure finissait toujours par arriver, dans sa spécialité. On n'y échappait qu'un certain temps, mais la fin, pour les pirates informatiques comme pour les trafiquants de haut vol, était programmée. On devait s'y préparer, garder dans un recoin de son esprit l'idée que *c'était possible.*

Inéluctable.

Et ce moment était venu. D'ici une poignée de secondes, des inconnus entreraient dans l'antre du hacker. Ils pilleraient les disques durs, feraient main basse sur les faux papiers, sur les adresses IP de ses différents contacts, sur l'historique de ses activités. Ils détruiraient le reste… et feraient en sorte que Sergeï Blokhine, qui vivait jusqu'ici comme un fantôme, hors de portée des radars, ne puisse jamais plus se dresser sur leur chemin.

Sergeï sentait qu'une peur terrible, abominable, était en train de paralyser lentement son cerveau. Comment réagir autrement, confronté à une mort imminente ? Il secoua violemment la tête, comme pour refuser son sort. Quelques gouttes de sueur âcre volèrent de part et d'autre, pour s'écraser sur le sol de la pièce.

Sergeï crispa les mains sur son cellulaire. Ses pouces se mirent à danser sur le clavier. Il devait envoyer un ultime message, comme pour adresser un pied de nez à ses tourmenteurs, pour leur démontrer qu'on ne pourrait pas l'empêcher d'agir, même un pied dans l'au-delà !

La porte, devant lui, faisait entendre des bruissements effrayants. Un gond lâcha soudain prise. Sous le coup de boutoir du bélier, il partit en tournoyant dans la pièce et s'écrasa sur l'écran d'un des ordinateurs, laissant à sa surface un impact rond et blanc, d'où partaient des zébrures semblables à des traînées de givre.

Sergeï pressa le bouton « envoi ».

Un deuxième gond craqua à son tour et la porte émit une plainte lugubre.

Sergeï ôta la puce de son portable et l'avala. Puis il jeta le cellulaire sur le sol et l'écrasa d'un coup de talon.

« Je vous emmerde ! » se dit-il en considérant de manière bravache le panneau blindé qui pivotait sur lui-même. Il releva le menton. Une main invisible s'était introduite dans son torse, elle serrait son cœur. Sergeï se sentit sur le point de suffoquer mais décida de ne pas offrir ce plaisir à ses agresseurs.

Quand la porte s'effondra après un ultime assaut et que les trois inconnus firent irruption dans la pièce, Sergeï ferma les yeux. Contrairement aux hommes avec lesquels il travaillait généralement, il n'était pas rompu aux sciences du combat... et savait ne pas être capable de résister longtemps à un interrogatoire musclé.

Il formula une prière muette pour que tout aille vite.

Un premier coup – sans doute une matraque – l'atteignit à la pommette. La douleur explosa dans sa tête, courant le long de ses mâchoires et allumant des tisonniers brûlants dans son cerveau. Sergeï n'eut pas la force de crier, il roula à bas de sa chaise.

Sergeï garda les paupières closes. Du bout de la langue, il lapa une goutte venue poisser la commissure de ses lèvres.

Une goutte de sang.

Chapitre 13

Justin Case plia la serviette avec un soin méthodique. Il glissa deux doigts dans le tissu et le porta en silence à hauteur de sa bouche, pour éliminer la goutte écarlate qui perlait à la commissure de ses lèvres. Ce dessert aux fruits rouges était une merveille... mais le jeune homme n'en garderait qu'un souvenir d'amertume tant ce qu'il avait entendu, depuis le début du repas, le mettait mal à l'aise. Au vrai, il ne savait que penser du discours de son parrain. Il reposa sa serviette et examina le visage impassible de Matthew Slides.

Face à lui, le dandy avait posé ses lunettes et son chapeau. Il attendait patiemment le verdict, qui ne tarderait plus. Comme il l'avait proposé, Slides avait invité son filleul à dîner. Ils s'étaient retrouvés, à l'heure dite, dans une de ces nouvelles adresses de TriBeCa – il s'en ouvrait toutes les semaines, depuis quelque temps – où l'on pouvait déguster les spécialités de chefs venus de tous les horizons et écouter des artistes en live, dans d'excellentes conditions.

Justin s'était réjoui de la soirée annoncée... Il déchantait depuis que Matthew lui avait exposé les éléments dont il disposait.

De son côté, l'ancien avocat d'affaires avait déployé des trésors d'éloquence, pour présenter l'histoire sous son meilleur angle, mais il ne se berçait pas d'illusions : Allistair Quinn trempait à l'évidence dans une histoire louche. Il avait emprunté des chemins tortueux, sur lesquels on ne s'engageait jamais par mégarde. Les territoires sur lesquels l'Irlandais s'était aventuré ressemblaient à des champs de mines, on pouvait y laisser la vie au moindre faux pas.

L'envie d'obtenir une réponse lui brûlait les lèvres, mais Matthew Slides se faisait violence pour demeurer mutique. Il connaissait Justin depuis sa naissance et savait le caractère du jeune homme : l'héritier des Case, sous ses airs volages, faisait montre d'une volonté aussi trempée que le meilleur des aciers. Le brusquer, c'était ruiner toute possibilité d'obtenir de l'aide et Slides savait ne rien pouvoir faire seul.

Justin joua machinalement avec la cuillère encore tachée de coulis pourpre.

– Allistair Quinn est ton ami, commença-t-il sans quitter le couvert des yeux.

– Oui, répondit Matthew.

Avant d'ajouter aussitôt :

– Depuis plus de quarante ans. Nous avons servi ensemble, autrefois. Nous nous sommes parfois quittés de vue, mais toujours retrouvés. Il a toute ma confiance.

Slides dévisagea le jeune homme. Il savait avoir devancé certaines questions de Justin, qui aimait savoir à qui il avait affaire, avant de se lancer dans l'une de ces actions dont il avait le secret.

Justin Case, de son côté, hocha la tête. L'expression de son visage démontrait pourtant qu'il était peu convaincu.

– Quinn est à Moscou, reprit-il.

– Affirmatif.

– Il a échappé à une tentative d'assassinat.

– Oui.

– Il t'a appelé à l'aide en réclamant une exfiltration…

Cette fois, Justin Case ne laissa pas à son parrain le loisir de répondre. Il releva soudain la tête, plongea son regard clair dans les yeux sombres de Matthew Slides et reprit, d'une voix plus sèche :

– L'uranium d'ogives nucléaires démantelées est récupéré pour être revendu à des pays qui en ont l'utilité dans leurs réacteurs d'usine. Ainsi, l'URSS peut vendre de quoi fournir quasiment 10 % de l'électricité américaine[1]. Si Allistair Quinn a les services de renseignements russes à ses trousses, c'est qu'il trempe dans un trafic louche.

Matthew Slides ouvrit la bouche pour répliquer, mais Justin lui intima le silence d'un geste impérieux, avant de reprendre de plus belle :

– Le trafic de matières nucléaires est un des fléaux de notre monde moderne, Matthew et tu le sais. Comme tu ne peux pas ignorer les projets de ceux qui sont prêts à acheter de tels produits. Il n'est plus question, ici, de revendre du combustible destiné aux usines de retraitement, mais bien de permettre à des groupuscules armés ou à des gouvernements de fabriquer des bombes nucléaires. Le cas échéant, ces bombes ne sont pas destinées à devenir des armes de dissuasion : elles peuvent servir à des actions terroristes. Nous parlons donc, à terme, d'un trafic qui pourrait être la cause de milliers,

1. Authentique. Le programme PU-239, mis en place conjointement par les États-Unis et la Russie en 2002, prévoit le recyclage du plutonium militarisé. On peut en effet brûler le plutonium grâce au combustible MOX. Ce programme a été décidé dans le cadre des accords internationaux de désarmement, mais il demeure insuffisant – le surplus de production militaire fait l'objet de nombreuses tentatives de trafics internationaux.

voire de millions de morts. Tu as bien conscience de tout cela, Matthew. Alors, je te le redemande : sais-tu VRAIMENT qui est cet Allistair Quinn et ce dont il est capable ?

– Je comprends parfaitement tes réticences, commença le dandy en soutenant le regard de son interlocuteur, mais je te demande de me faire confiance : je connais Allistair. C'est un ami de très longue date. Nous avons vécu ensemble des événements qui soudent des hommes tout au long de leurs existences. Nous sommes...

Matthew s'interrompit une seconde, avant de livrer sur le ton du secret :

– ... de véritables frères d'armes. Un jour, Quinn a risqué sa vie pour moi. Si je suis encore là, c'est grâce à lui. J'ai une dette envers lui, Justin. S'il fallait me sacrifier à mon tour pour lui permettre de s'en sortir, je le ferais. Sans l'ombre d'une hésitation.

– Un homme peut changer au fil des ans, fit remarquer Justin. Tu as eu plusieurs vies, Matthew, tu m'en as raconté quelques-unes, même si je suis loin de tout savoir... Mais une chose est certaine : tu es, par la force des choses, très éloigné de l'homme que Quinn a sauvé autrefois.

– Je n'avais pas 30 ans, commença Slides avant

de se reprendre et libérer un claquement de langue agacé. Mais n'en parlons pas. C'était au millénaire précédent !

– Si tu as changé, insista Justin, Quinn a pu en faire autant.

Tu conserves de lui l'image d'un frère. Il a pu renier sa famille entre-temps.

– On peut certes évoluer, fit Slides, conciliant. Mais pas modifier à ce point sa personnalité. Nul ne peut se renier au point de devenir un autre – on s'en aperçoit, l'âge venant, tu peux me croire. Allistair Quinn est un soldat, pas un tueur. Ce sont deux choses très différentes.

– Un soldat peut tuer, à l'occasion.

– Je ne prétendrais pas le contraire. Un soldat peut tuer un ennemi. Il peut éliminer un adversaire pour se défendre ou défendre les siens. Il peut ôter une vie pour en sauver d'autres. Mais un guerrier digne de ce nom ne s'attaque pas à des civils ni à des innocents. Il ne fait jamais usage de ses armes gratuitement.

À court d'arguments, Slides fixa ses yeux noirs vers la baie vitrée du restaurant. Dehors, les innombrables lueurs de Manhattan explosaient dans la nuit comme une seconde Voie lactée.

– Je te le demande comme une faveur, Justin ! reprit le dandy, la voix grave. Quinn est un ex-soldat d'élite. Jamais il ne se compromettrait dans un tel trafic.

– Tout porte cependant à le croire, au vu des éléments que tu me rapportes…, objecta Justin, dubitatif.

– C'est exact, mais je te demande de m'aider. Quinn ne peut pas être celui que tu crois. S'il est mêlé à une telle histoire… c'est qu'il a une bonne raison.

Matthew Slides exhala un long soupir, puis il conclut :

– Sa vie est menacée, Justin. Je ne peux pas me résoudre à le laisser disparaître, sans rien tenter pour le secourir. Ils vont le tuer, Justin ! L'abattre comme un chien enragé !

Justin Case secoua la tête d'un air désolé.

– Tu connais la ligne de conduite que je me suis fixée, reprit-il. J'interviens dans le cadre d'erreurs judiciaires. Je dispose de ma fortune pour éviter que des innocents soient condamnés à tort.

– Et c'est tout à ton honneur, Justin. Adrian serait très fier de toi.

À nouveau, le jeune homme eut un geste autoritaire.

– Laisse mon père en dehors de tout ça ! ordonna-t-il.

Matthew Slides sut qu'il avait franchi la ligne. Il fit aussitôt amende honorable.

– Je te demande pardon, déclara-t-il en baissant la tête, je n'aurais pas dû. C'est juste que cette affaire me replonge des années en arrière…

Il avait abandonné son habituelle faconde de ténor du barreau, cette aisance, ce charisme qui lui permettaient de faire tomber toutes les défenses. Matthew, soudain, avait les traits tirés et paraissait son âge – pour une fois. Justin Case sentit son cœur se serrer devant le spectacle de ce vieil homme rongé par la tristesse. Il étudia avec soin le visage de son parrain. Il ne l'avait jamais vu en proie à la détresse et ce spectacle le bouleversa.

Le jeune homme soupira à son tour.

– Soit. En admettant que je vienne en aide à ton ami, pour le faire sortir de Russie…

Une flamme vive venait de s'allumer dans les prunelles du dandy.

– Je t'écoute.

– Je dis bien « en admettant » ! insista Justin Case.

Slides acquiesçait.

– Tout ce que tu voudras ! promit-il.

– Quinn devra rendre des comptes à la justice,

sitôt qu'il aura posé les pieds sur le territoire américain. Sois certain d'une chose, Matthew : si ton ami Allistair Quinn est coupable de trafic d'ogives nucléaires, je ferais tout pour qu'il soit traduit devant un tribunal et que plus jamais il n'ait l'occasion de recommencer. Et votre amitié ne sera aucunement une protection pour lui.

– Avons-nous un accord, monsieur Slides ?

– C'est un excellent accord, monsieur Case ! répondit Matthew. Je me félicite que nous y soyons parvenus, vous et moi.

Ils échangèrent une chaleureuse poignée de main, comme pour officialiser un contrat.

Matthew voulut ajouter des remerciements sincères, mais sa voix fut couverte par un riff de guitare saturé. Dans son dos, un groupe de musiciens venait de prendre possession de la scène. Les premiers accords râpeux résonnaient déjà, déchaînant des réactions enthousiastes chez les spectateurs. Tout à sa conversation, Justin avait fini par oublier qu'ils étaient venus pour voir un concert.

« Au moins, se dit-il avec fatalisme, cela nous accordera un moment de calme, avant la tempête ! »

Il reporta son attention sur la scène. Il n'avait jamais entendu parler de ce groupe originaire d'Atlanta, en Georgie. Les cinq hommes portaient tous le cheveu long et jouaient un rock sudiste inspiré. Justin plissa les paupières en direction de la scène. La peau de la grosse caisse était décorée d'un profil de chef indien, coiffé d'une parure de plumes somptueuses. Au mur était projeté le nom de la formation : Blackberry Smoke[1].

Sans même en avoir conscience, le jeune homme s'était mis à taper du pied en cadence. Son parrain s'était tourné. Coude appuyé sur le dossier de sa chaise, il faisait de même. Le talon de sa bottine de cuir heurtait le sol en rythme.

Justin ne put réprimer un sourire. Il avait beau être américain, ça n'était définitivement pas la musique que les jeunes gens de son âge écoutaient... mais ces moments partagés avec Matthew n'avaient pas de prix.

Matthew Slides surprit le regard attendri de son filleul. Il lui retourna son sourire.

– On appelle ça la transmission, Justin. Un jour, tu feras de même !

---

1. Ce groupe existe bel et bien : https://www.blackberrysmoke.com/

Chapitre 14

Sergeï Blokhine errait en lisière de conscience. Il dodelinait de la tête sans parvenir à se redresser. Son corps n'était plus qu'un tissu de souffrance. La douleur irradiait partout, transperçant sa chair d'éclairs atroces. Il laissa fuser un râle étouffé.

– Qu'est-ce que tu racontes ? aboya l'un de ses tourmenteurs, quelque part dans son dos. Tu vas enfin parler, ou il faut qu'on remette ça ?

– Magne-toi, Ivan ! fit un autre depuis un angle de la pièce. On ne va pas tarder à avoir de la visite.

Sergeï ne pouvait le voir. Ses yeux étaient tuméfiés, ses pommettes bleuies. L'une de ses lèvres, fendue, saignait d'abondance, maculant sa chemise de taches sombres.

Entre ses paupières mi-closes, il ne pouvait apercevoir que la silhouette massive du troisième assaillant, posté à l'entrée, en retrait du passage laissé vide depuis que la porte blindée avait cédé.

L'homme portait une arme automatique en bandoulière. À l'évidence, il n'hésiterait pas une seconde à en faire usage sur quiconque tenterait d'intervenir – qu'il s'agisse des forces de l'ordre ou de quidams alertés par le vacarme.

– Accélère ! reprit la voix dans le dos. On n'a pas toute la nuit devant nous. Si la police débarque...

– Eh bien, on la recevra comme il se doit ! ricana le dénommé Ivan. Les ordres sont clairs : on rapporte le matériel et on trouve le moyen de capturer l'Irlandais. Or... Il n'y a que ce bon Sergeï qui peut nous y aider !

L'homme se pencha vers son prisonnier et lui glissa perfidement à l'oreille :

– Quoique, même sans ton aide, nous le retrouverons, tu peux en être certain. Tout ça n'est qu'une question de temps.

Sergeï voulut répondre, mais il ne parvint qu'à produire une série de bruits inarticulés. Ivan feignit de s'apitoyer.

– Mon pauvre Sergeï ! Tu as déjà beaucoup souffert, tu pourrais abréger ton calvaire. Je te promets d'en finir vite, si tu parles. Pourquoi fais-tu tout ça ? L'Irlandais n'est rien pour toi, juste un client comme un autre. Nous sommes pareils, toi et moi : pas d'ami, juste des relations de travail. Et tu t'infliges toute cette peine pour si peu ?

Sergeï laissa entendre un hoquet douloureux. Il

était maintenu attaché à sa chaise par un épais ruban adhésif, sans lequel il serait déjà tombé plusieurs fois au sol. Les trois hommes qui avaient fait irruption dans son repaire avaient procédé comme il l'avait prédit : après l'avoir ligoté, ils avaient d'abord récupéré les disques durs et les documents divers, puis s'étaient appliqués à l'interroger. En usant d'arguments extrêmement violents.

Contre toute attente, Sergeï avait résisté. Certes, les coups faisaient mal, très mal... Mais la violence de ces hommes, leur sombre dessein lui étaient si insupportables que quelque chose, dans son esprit, s'était mis en route. Le hacker s'était découvert une volonté dont il n'avait jamais soupçonné l'existence. Il avait accueilli les coups et les menaces avec un stoïcisme stupéfiant, lui qui croyait s'effondrer à la première gifle.

Une voix s'éleva, au plus profond de son esprit : « Tu peux être fier de toi, disait-elle. Tu as fait preuve de courage. Maintenant, tu sais ce qu'il te reste à faire... »

Sergeï marmonna une nouvelle bribe de phrases dépourvues de sens.

– Quoi ? grogna l'homme dans son dos. Qu'est-ce que tu racontes.

Sergeï se concentra. Durant une poignée de secondes, il avait hésité sur la provenance des consignes. Était-ce l'un de ses tortionnaires, ou sa propre volonté qui lui dictait l'attitude à adopter ?

– Ordi..., parvint-il à articuler.

– Quel ordi ? répéta Ivan. De quoi tu parles.

– Besoin ordi..., grommela Sergeï.

Les sons avaient du mal à franchir la barrière de ses lèvres gonflées.

– Besoin... de... mon...

– OK, fit Ivan en découpant à l'aide d'un poignard de commando l'adhésif qui clouait le prisonnier à son siège.

Il l'aida à traverser la pièce. Sergeï titubait. Il râlait à chaque pas. Des étoiles noires explosaient devant ses yeux, il était la proie de vertiges qui menaçaient à tout instant de l'envoyer rouler sur le sol. Il s'effondra sur la chaise qu'Ivan avait déplacée devant l'un des écrans encore allumés.

– Celui-là ? grinça-t-il.

Sergeï marmonna un vague assentiment. Il leva péniblement la main droite, la laissa retomber sur son clavier. Son autre main semblait ne plus vouloir lui répondre. Elle gisait, inerte, sur sa cuisse, tordue comme un sarment de vigne arraché à la terre.

« Tu y es ! fit la voix dans sa tête. Tu sais ce qu'il

te reste à faire pour te libérer. »

Il perçut, juste derrière sa tête, le bruit caractéristique de la culasse d'un pistolet automatique que l'on arme. Puis la gueule du canon fut posée contre sa nuque.

– Méfie-toi ! l'avertit Ivan. Je te surveille. À la première tentative d'alerter qui que ce soit, je pulvérise ta colonne vertébrale !

Sergeï émit un son que son interlocuteur identifia comme une forme d'acquiescement. Le hacker pianota un code sur son clavier, puis il pressa la touche « *enter* ». L'écran se modifia aussitôt.

De même que tous les autres moniteurs de la pièce.

– Qu'est-ce que tu fous ? aboya Ivan en perdant patience. Je ne plaisante pas, Blokhine ! Je vais mettre une balle dans ta foutue tête et la faire exploser comme une pastèque !

Sergeï ne l'écoutait plus. De sa main gauche, il attrapa un interrupteur situé sous le plan de travail et le fit basculer. Il ferma les yeux et formula une prière muette.

Ivan, dans son dos, accentuait la pression de son arme.

– Qu'est-ce que tu f... ? voulut-il hurler de nouveau.

Le tortionnaire ne put en dire davantage.

Il y eut un éclair blanc, suivi aussitôt d'une terrible déflagration.

Et le repaire de Sergeï Blokhine fut submergé par un océan de flammes.

Chapitre 15

L'homme au bombers posa des mains nerveuses sur son visage, pour se persuader que ça n'était pas un cauchemar. Il rouvrit les yeux, cilla à plusieurs reprises, se gifla pour recouvrer ses esprits puis tendit les doigts vers son matériel d'écoute. Il fit jouer quelques potentiomètres et dut admettre qu'il n'y avait plus aucun signal en provenance de l'appartement de Sergeï Blokhine. Malgré le casque sur ses oreilles, il avait perçu la formidable déflagration. Le souffle de l'explosion avait été si fort que toutes les vitres de son studio avaient tremblé. Il s'en était fallu d'un cheveu pour qu'elles éclatent à leur tour.

L'homme proféra un chapelet de jurons. Il se leva d'un bond, marcha vers la fenêtre qui donnait sur le bâtiment où le hacker occupait une partie du quatrième étage et contempla, les yeux écarquillés, le spectacle ahurissant. L'incendie faisait rage. L'impensable s'était produit : Blokhine avait préféré faire sauter son repaire plutôt que de laisser ses tortionnaires repartir avec ses précieuses données.

– Alors, là ! murmura l'homme au bombers. Chapeau bas, Sergeï ! On te prenait pour un lâche, on te pensait incapable de résister à la moindre pression… On s'était trompé sur ton compte.

Il libéra un sifflement admiratif en guise d'épitaphe, puis il revint à des considérations plus sombres : sa hiérarchie lui demanderait des comptes. Il avait reçu l'ordre de récupérer les données informatiques du hacker. Force était de constater qu'il avait échoué, lui aussi.

L'homme au bombers était encore perdu dans ses pensées, quand son binôme entra en coup de vent dans la pièce.

– Nom de Dieu ! haleta-t-il. Ce con de Blokhine a fait exploser…

L'homme au bombers hocha la tête.

– J'ai vu ! commenta-t-il, lugubre. Et je n'ai pas pu récupérer grand-chose. J'ai enregistré tous leurs échanges et je dois pouvoir identifier le gang pour lequel les trois types travaillaient, mais ça ne va pas nous mener bien loin.

– Qu'est-ce que je dis au chef ? demanda son comparse, sans chercher à dissimuler son appréhension.

L'homme au bombers sentit que ses épaules s'affaissaient sous le poids de la culpabilité.

– Tu lui dis la vérité, soupira-t-il. Tu n'oublies aucun détail. Tu lui annonces que Blokhine est mort après avoir fait exploser son appartement. Tu précises que trois membres d'un gang sont partis avec lui et qu'il y a certainement des victimes collatérales.

Il se tut un instant et écouta le bruit des sirènes qui approchaient à vive allure. Il distingua le chant des policiers de celui des pompiers. Il ne fut pas certain d'entendre le signal d'une ambulance, mais les premiers secours seraient sans doute à pied d'œuvre dans les minutes à venir. On éviterait peut-être le pire.

L'homme au bombers écarta à nouveau le rideau qui occultait la fenêtre. Il étudia le tableau avec une moue écœurée : l'appartement de Blokhine n'était plus qu'un gigantesque brasier. Le souffle de l'explosion avait réduit les vitres en myriades d'aiguilles de verre, qui jonchaient les trottoirs des alentours. Les fenêtres béantes libéraient des torrents de flammes qui vrombissaient en direction du ciel. Il fallait abandonner tout espoir de récupérer la moindre donnée informatique…

De l'autre côté de la rue, le chaos et la confusion régnaient. Au pied de l'immeuble de Blokhine, des occupants hagards se pressaient. La plupart étaient sous le choc. Ceux qui avaient été réveillés en sursaut par le bruit formidable de l'explosion s'entreregardaient, incapables de rassembler leurs idées. Ils échangeaient des commentaires, formulaient des hypothèses, cherchaient à expliquer l'horreur...

L'homme au bombers serra les mâchoires.

Il convenait d'intervenir au plus vite, afin que les voisins qui avaient entendu l'intervention des trois hommes – de la destruction de sa porte au passage à tabac de Blokhine – ne puissent pas se répandre. Moins on aurait de témoignages en circulation et mieux on se porterait.

Il décida de descendre à son tour pour intercepter tous ceux qui auraient ce type de velléités.

– Fais le nécessaire pour prévenir d'urgence la hiérarchie, lança-t-il par-dessus son épaule. Je m'occupe des gars, en bas.

Il vérifia, dans la poche extérieure zippée sur son bras gauche, que sa carte d'officier était bien là. Il devrait se présenter aux services de police et aux pompiers. Donner des instructions claires, et s'assurer que les consignes seraient bien appliquées. La version officielle était déjà trouvée : on avait eu affaire à une fuite de gaz. Un accident domestique banal. Pas de quoi faire la une des informations.

L'homme au bombers serra les dents.

Surtout pas la une ! Il n'était pas question que les médias se fassent l'écho d'une explosion dans le repaire d'un hacker. Les quatre cadavres que l'on retrouverait après avoir éteint l'incendie seraient ceux des habituels occupants des lieux. On s'arrangerait pour leur trouver des identités et pour les communiquer aux éventuels journalistes. On récrirait l'histoire.

L'homme au bombers descendit l'escalier au pas de charge. Il connaissait parfaitement son métier. Il avait appris, au fil des ans, comment appliquer les consignes à la lettre. Les siennes étaient parfaitement claires : ni Sergeï Blokhine ni les trois membres d'un gang mafieux qui l'avaient torturé n'avaient jamais existé.

Il parvint dans la rue, où une fumée épaisse tourbillonnait entre les immeubles, à la manière d'un voile de mariée flottant dans le vent. Les gyrophares des véhicules officiels dessinaient des masques mortuaires sur les visages crispés des badauds.

L'homme au bombers prit une profonde inspiration. Il brandit sa carte et piqua droit vers le policier qui semblait diriger les manœuvres. Ce dernier leva un sourcil intrigué en le voyant jaillir de nulle part.

– Sous-lieutenant Dachkov, récita l'homme au bombers. FSB[1]. Je prends la direction des opérations.

L'autre blêmit et esquissa un garde-à-vous.

Soucieux de ne pas attirer l'attention, l'homme au bombers lui signifia de le suivre.

– Repos ! ordonna-t-il. Voilà ce que vous allez faire... et voilà ce que vous allez dire.

Le policier l'écouta avec attention. Il se contentait de hocher la tête et d'enregistrer toutes les informations, conscient qu'il ne devrait pas commettre le moindre impair.

– À vos ordres ! déclara-t-il quand le sous-lieutenant eut achevé.

– Parfait, fit Dachkov. Je vous laisse, j'ai du travail.

Il tourna les talons, laissant les pompiers et les policiers gravir les étages pour intervenir sur l'incendie. Il s'attarda devant les boîtes aux lettres du rez-de-chaussée et nota mentalement les patronymes des occupants du quatrième étage. S'il y avait des survivants, il devait les intercepter et réclamer leur plus totale coopération...

Ou s'assurer de leur silence.

---

1. Le FSB – en réalité « Service fédéral de sécurité de la fédération de Russie » – est un service secret russe. Il gère les affaires de sécurité intérieure.

Chapitre 16

Le lieutenant Azarov n'avait pas desserré les dents en écoutant son subordonné.

– Je veux un rapport concernant le gang qui est intervenu, avait-il ordonné sur un ton glacial. Je le veux détaillé, argumenté et sur mon bureau dans deux heures. Et je veux l'identité des trois hommes que Blokhine a éliminés.

– Mais..., balbutia son correspondant. Mon lieutenant, nous ne sommes pas certains de...

– C'est votre problème, sergent ! aboya Dmitri Azarov avant de raccrocher.

Il prit soin de reprendre le contrôle de sa respiration. Il se sentait la proie de bouffée de fureur. Dmitri Azarov s'obligea à ordonner ses pensées avant d'appeler le commandant – il n'était pas question de se montrer approximatif devant Ievgueni Kouriakine. Il faudrait au contraire faire preuve d'initiative et proposer des solutions. Un plan B serait judicieux : trop d'erreurs avaient été accumulées jusqu'à présent, il fallait d'urgence rectifier le tir.

Dans l'esprit d'Azarov, des éléments s'emboîtaient les uns après les autres, à la manière d'un puzzle révélant peu à peu son tableau. Le lieutenant grogna de satisfaction.

Oui, il entrevoyait une solution pour échapper au fiasco qui se profilait depuis la disparition de Sergeï Blokhine. La priorité absolue serait de capturer l'Irlandais. Dès qu'on aurait mis la main sur Allistair Quinn, il faudrait le faire disparaître. Au fond d'une geôle… ou six pieds sous terre.

D'une façon ou d'une autre, cette piste étrangère devait être effacée. Il serait alors grand temps de nettoyer les scories demeurées sur le territoire russe.

Azarov se pinça l'arête du nez. Il révisa mentalement tout le chaînage de son argumentaire, se concentra et, quand il se sentit apte à affronter son supérieur hiérarchique, il saisit son portable et composa le numéro de la ligne directe.

Ievgueni Kouriakine décrocha à la première sonnerie.

– Qu'est-ce que c'est que cet incendie ? gronda-t-il sans lui laisser le temps d'articuler un son. Qu'est-il arrivé à Blokhine ?

Dmitri Azarov en fut décontenancé mais se reprit aussitôt.

– Sergeï Blokhine a été attaqué. Mes hommes ne sont pas intervenus, ils se sont laissé surprendre par sa réaction.

– Attaqué ? rugit Kouriakine. Par qui ? Depuis quand les hommes que nous surveillons peuvent-ils être attaqués sous notre nez ? Nous avions besoin des données de Blokhine...

Il s'arrêta, hors d'haleine. La fureur le congestionnait et il fut sur le point de céder à une violente quinte de toux.

Dmitri Azarov pouvait entendre sa respiration saccadée. Kouriakine fulminait, les sanctions ne tarderaient pas à tomber... tout comme les têtes des responsables. Le lieutenant aperçut une petite fenêtre de tir, il décida de saisir sa chance.

– Mes hommes pensent avoir identifié les agresseurs, assura-t-il.

Tout en parlant, il priait pour que le sous-lieutenant Dachkov ait bien fait son travail. S'il s'avançait sans pouvoir apporter les preuves de ses allégations, Kouriakine le tiendrait comme seul coupable de l'échec de la mission.

– Je disposerai d'un rapport détaillé dans quelques heures, poursuivit-il d'une voix qu'il aurait aimée plus assurée.

– Il faut contre-attaquer, éluda Kouriakine. Quel

que soit le gang qui a décidé d'agir, nous ne pouvons tolérer qu'il prenne la main. Des représailles doivent avoir lieu. Dès que vous les aurez identifiés, organisez des descentes. Allez les chercher dans les bars, dans la rue, dans les trous à rats qui leur servent de repaires ! Je veux un maximum de ces ordures sous les verrous d'ici vingt-quatre heures. Ne les laissez plus dormir, ne les laissez plus se reposer. Empêchez-les de bouger, de respirer. ÉCRASEZ-LES !

– Ce sera fait, promit Azarov.

– Je l'espère, lieutenant Azarov, grasseya Kouriakine. Pour vous.

La menace n'était pas voilée. Dmitri Azarov feignit de ne pas l'avoir entendue.

– Si vous me le permettez, mon commandant..., hasarda-t-il.

– Quoi, encore ?

– Je vais tout mettre en œuvre pour retrouver Allistair Quinn. Ce sera compliqué, puisqu'il s'est débarrassé de son portable et de ses papiers et que nous n'avons plus de mouchard permettant de le localiser.

Kouriakine cracha de colère.

– Il les avait trouvés ?

– Non, certifia Azarov. C'est Sergeï Blokhine qui lui a fourni plusieurs jeux de faux papiers et un cellulaire intraçable, avant de détruire ses anciens documents. Blokhine était paranoïaque. Il a pris d'autorité des précautions qui nous ont été néfastes.

– Et il en a payé le prix ! intervint sèchement Kouriakine. A-t-on la liste des fausses identités dont dispose à présent l'Irlandais ?

– Hélas, mon commandant, le sous-lieutenant Dachkov, qui était en charge de la surveillance, n'a pu récupérer que des données d'écoute – c'est ainsi que nous avons obtenu une de ses adresses. Le sous-lieutenant travaillait sur le piratage à distance du matériel informatique de Sergeï Blokhine, mais il n'avait récupéré qu'une faible partie des données.

– Avons-nous ces identités ou pas ? s'agaça Kouriakine.

– Non, finit par lâcher Dmitri Azarov.

– Voilà qui est extrêmement gênant : avec de nouveaux papiers, Quinn peut se présenter à l'aéroport et prendre le premier avion. Nous perdrions sa trace...

– Rassurez-vous, mon commandant, j'ai pris sur moi de poster des physionomistes à tous les terminaux d'aéroport et dans les gares. Si Quinn se présente, il sera aussitôt repéré et arrêté.

Azarov devina, au silence de son supérieur, qu'il venait – enfin ! – de marquer un point. Il décida de transformer l'essai.

– Je l'aurai retrouvé avant soixante-douze heures, mon commandant.

Il retint sa respiration en attendant le verdict de Kouriakine.

Lequel ne tarda pas à venir :

– Vous avez quarante-huit heures, lieutenant Azarov. De plus...

– Oui, mon commandant ?

– Vous avez déjà retrouvé l'Irlandais sans problème, me semble-t-il... Vous êtes même intervenu à temps pour empêcher la tentative d'assassinat. Pourquoi cela vous serait-il si compliqué, à présent ?

– Nous n'avons pas eu à le suivre la première fois, expliqua Azarov. Blokhine était sur écoute, il a donné l'adresse de sa planque. En revanche, Quinn dispose d'une liste écrite d'adresses dont nous ignorons tout. Il peut être n'importe où dans Moscou, en ce moment. Mes hommes remuent ciel et terre pour le retrouver. Nous avons accès au réseau de caméras de surveillance et aux drones. Les logiciels de reconnaissance faciale feront le reste.

– J'attends des résultats, lieutenant. Souvenez-vous : quarante-huit heures. Pas une de plus.

– À vos ordres.

Dmitri Azarov raccrocha, l'œil sombre. Il resta seul dans son bureau. Il contempla le téléphone, l'écran de l'ordinateur. L'un ou l'autre devrait se réveiller et lui offrir une piste...

Ne lui restait plus qu'à espérer de toutes ses forces que le sous-lieutenant Dachkov soit parvenu, pendant sa mission de surveillance, à récolter les éléments nécessaires.

Dans le cas contraire...

Dmitri Azarov secoua la tête pour chasser au loin les fantômes que ses pensées convoquaient.

Mieux valait ne pas envisager un nouvel échec : à trop souvent songer au pire, on finissait par en subir les manifestations.

Chapitre 17

Barricadé dans sa chambre d'hôtel, Allistair Quinn était allongé sur son lit. Il gisait tout habillé, avait renoncé à prendre une douche et restait là, immobile, à fixer le plafond dans la semi-pénombre. Il avait glissé son pistolet sous son oreiller mais la présence du Glock ne suffisait pas à le rasséréner. Quinn n'avait pu se résoudre à éteindre toutes les lumières de la chambre, il conservait une lampe de chevet allumée, après l'avoir partiellement occultée à l'aide d'une serviette de bain étendue sur l'abat-jour. Un petit poste de télé, accroché au mur dans l'angle opposé, diffusait également les journaux d'information en continu. Quinn ne l'avait pas éteint, se contentant de couper le son. Dans cette lumière diffuse, l'Irlandais ne distinguait plus, aux limites de son champ de vision, que les contours vagues des objets qui l'entouraient – ici, un vase empli de fleurs factices, là un cadre au mur... – et s'en satisfaisait amplement. Il restait les yeux ouverts, dans l'attente d'un mouvement, d'un bruit suspect. D'un signal qui l'obligerait à se redresser, à s'emparer de son arme et à tirer au jugé, pour défendre sa vie.

Après de multiples tentatives, il avait renoncé à trouver le sommeil. Comment aurait-il pu fermer les yeux, comment aurait-il pu s'abandonner en sachant que dehors, des hommes étaient lancés à sa poursuite ? Que certains avaient été capables de le suivre jusqu'à une planque que Sergeï lui avait présentée comme sûre ?

Allistair Quinn se redressa soudain en grognant. Il se massa la nuque. Son corps était perclus de courbatures et des vieilles douleurs articulaires se rappelaient à lui. Sa hanche le mettait à la torture.

– Ta place n'est pas ici, vieillard ! se sermonna-t-il. Tu fais pitié. Tu serais bien mieux dans un établissement médicalisé, à te faire bichonner par des infirmières toutes plus ravissantes les unes que les autres...

Il prit le cellulaire crypté, mit l'écran en surbrillance et jugea qu'il n'était pas trop tard pour joindre Sergeï et lui expliquer les raisons de son abandon précipité de la planque laissée à sa disposition.

Le téléphone bascula directement sur la boîte vocale.

Intrigué, Quinn réitéra l'opération. Nouveau message enregistré. Il tenta d'appeler un autre numéro, que Sergeï réservait aux urgences absolues. Un numéro de secours, qui était disponible à toute heure du jour et de la nuit... mais cette fois encore, Quinn n'obtint que la boîte vocale.

L'Irlandais sentit qu'un frisson glacé lui parcourait l'échine.

– Sergeï, balbutia-t-il, que t'est-il arrivé ?

Il n'osait envisager le pire et pourtant...

Si Sergeï ne répondait pas, c'est que quelque chose de grave s'était passé. Quelque chose de TRÈS grave.

Quinn considérait son téléphone crypté comme s'il se fut agi d'une bête dangereuse. L'étau se resserrait inexorablement. L'Irlandais serait bientôt isolé dans Moscou et devrait choisir qui, des forces officielles russes aux mafieux lancés à sa poursuite, aurait le plaisir de mettre un terme à ses activités. Allistair Quinn eut un ricanement aigre. Hésitait-on entre la peste et le choléra ?

Il se massa à nouveau la nuque en grimaçant. Le manque de sommeil et la fatigue nerveuse s'accumulaient.

– Tu n'as plus les idées claires, marmonna-t-il. Réfléchis, mon gars ! Tu as sûrement une possibilité de sortie, ça ne peut pas finir comme ça...

Il s'obligea à lister mentalement tous les

éléments dont il disposait. Quelles étaient ses dernières options ? Appeler Matthew Slides ou prendre contact avec ses commanditaires ? Relancer... ceux qui étaient censés lui fournir les ogives ?

Allistair Quinn écarta cette dernière hypothèse.

– Impossible, murmura-t-il. Ceux qui doivent te livrer le plutonium voudront l'argent d'abord et tu ne peux pas aller à la banque sans risquer d'être reconnu et capturé. En plus, tu t'es piégé tout seul en laissant tes vrais papiers à Sergeï ! Si tu te présentes aujourd'hui au coffre sous une nouvelle identité, les banquiers eux-mêmes tireront le signal d'alarme ! Quant à activer un virement à distance... tu seras localisé, même si tu agis depuis un Web café ou en utilisant l'ordinateur public d'une bibliothèque. Souviens-toi que ces types ont été capables de retrouver Sergeï. Tu ne fais pas le poids.

La situation paraissait désespérée au point que, l'espace d'un instant, l'Irlandais se sentit sur le point de succomber au désespoir. Il secoua soudain sa grande carcasse, comme pour se libérer de la croûte de givre invisible qui ne tarderait pas à l'étouffer.

– Assez chialé sur ton sort ! se rabroua-t-il. Tu n'es plus un gamin depuis longtemps. Tu disposes de faux papiers parfaitement imités, tu peux essayer de prendre un avion. Une fois de retour aux États-Unis, tu pourras passer à autre chose et – pourquoi pas ? – tenter encore ta chance, en te préparant mieux, cette fois.

L'hypothèse lui parut belle, mais elle ne résista pas à un examen approfondi. Quinn secoua la tête dans la négative.

– Mauvaise idée. Les Russes ne sont pas des abrutis : à leur place, tu aurais déployé des armées de spécialistes. Entre autres, des physionomistes capables de reconnaître quelqu'un d'après une simple photo, en dépit des éventuels maquillages. Ils l'ont fait, c'est évident. Tu n'as aucune chance de passer à travers les mailles du filet. En tout cas, le risque serait bien trop gros...

Les idées s'entrechoquaient dans son esprit, tournoyant à la manière d'un carrousel pris de folie. Quinn râla en portant les poings à ses tempes meurtries. Son cerveau semblait sur le point d'exploser. Soudain, une voix s'éleva dans son esprit, perçant à travers la cacophonie ambiante :

– Et Slides ? Pourra-t-il réellement faire quelque chose ? Trouvera-t-il un moyen de te sortir de Russie ? En a-t-il les moyens ? N'es-tu pas en train de te raconter des histoires, comme un gamin qui redoute la punition alors qu'il sait bien, au fond de lui, qu'elle est inévitable ?

Allistair Quinn allait répondre par la négative, quand il se corrigea :

– Lui, peut-être pas, murmura-t-il. Mais le jeune milliardaire qui a déjà fait parler de lui à maintes reprises…

Quinn consulta l'heure. Pouvait-il encore essayer de joindre Matthew Slides et le convaincre d'agir ? Dans quel état d'esprit le trouverait-il ?

– Ne passe pas à côté de cette chance, l'aiguillonnait la voix. Tu n'en auras pas d'autre.

Allistair Quinn savait avoir trouvé sa seule option. Il faudrait donc convaincre Matthew Slides du bien-fondé de son action, sans tout lui dire, pour autant. Parce que certaines vérités ne pouvaient être révélées.

Il s'apprêtait donc à mentir à son vieil ami. En espérant que Slides saurait décider le jeune milliardaire à intervenir. Oui, c'était sa seule échappatoire : si ce fameux Justin Case acceptait de venir le chercher, Quinn pourrait espérer sauver sa peau, à défaut de réussir à mener jusqu'au bout la transaction qu'il avait initiée.

Après tout, les journaux économiques l'affirmaient : Justin Case pouvait tout s'offrir. Pourquoi pas la vie d'un homme ? Il suffisait peut-être de distribuer quelques billets, ici ou là... On peut tant de choses, quand on possède une si grande fortune.

L'Irlandais tressaillit en découvrant le spectacle hallucinant qui était retransmis à la télé locale. L'Irlandais reconnut aussitôt la rue et l'immeuble en flammes.

– Sergeï ! murmura-t-il. Merde...

Allistair Quinn se frotta les paupières, pensant être victime d'une hallucination. Il manquait de sommeil et était la proie de vertiges depuis quelque temps. Sans doute imaginait-il le pire...

Il rouvrit les yeux et constata que le pire était arrivé.

L'Irlandais décida qu'il était grand temps d'appeler de nouveau Matthew Slides, pour avoir cette fois une véritable discussion et plaider son cas.

Il composa le numéro du dandy.

Chapitre 18

Sitôt la prestation du groupe terminée, Justin Case et Matthew Slides avaient sauté dans un taxi pour rejoindre la tour de la C. & Son Company. Ils avaient pris place dans le vaste bureau du jeune homme et établi la liaison avec Sonny Boy. Le hacker avait l'habitude de ces visioconférences. Il vivait reclus et conversait plus souvent à travers le réseau complexe des écrans qu'en direct – au grand regret de Justin, qui aimait profondément ce garçon.

– Salut, Matthew, fit Sonic en découvrant la présence du dandy.

– Bonjour, monsieur Noland, répondit Slides. J'espère que vous allez bien, en dépit de l'heure avancée. Désolé de vous faire travailler si tard.

– Aucun problème. Je dors peu... et à des heures très différentes. Mes vies sociale et amoureuse me laissent beaucoup de temps libre !

Un ange passa.

Depuis son terrible accident, l'ancien champion avait choisi l'isolement. Toutes les tentatives de

Justin pour l'inviter à quitter son véritable bunker avaient échoué.

– Tu as eu le temps de récupérer des données ? intervint Justin, soucieux de ne pas laisser la gêne s'installer.

– En effet. J'ai travaillé, depuis notre dernier contact. J'ai des nouvelles, mais elles sont mauvaises.

– Nous t'écoutons.

– Premier point, récita le hacker, j'ai piraté les ordinateurs de l'armée russe. Les services de renseignements sont après lui. Autant dire qu'ils l'auront bientôt retrouvé : on n'échappe pas aux Russes, quand on se trouve à Moscou.

Matthew eut une moue soucieuse. Justin se contenta de hocher la tête.

– On va tâcher d'agir au plus vite, commenta-t-il. Helena ne devrait plus tarder. Dès qu'elle sera là, on saute dans l'avion et on décolle pour la Russie. Il nous faudra une dizaine d'heures pour atteindre Moscou. De là ça peut aller vite.

– Si tu le dis..., grommela Sonny Boy.

– Quelque chose te chiffonne ?

– Ouais, fit le hacker avec un rictus contrit. C'est le second point : en fouillant dans des dossiers confidentiels, j'ai pu établir qu'Allistair Quinn n'est pas seulement un consultant et un homme d'affaires.

Matthew Slides se pencha en avant.

– Vous avez des éléments nouveaux, Sonny ?

– J'ai obtenu des documents, américains cette fois, qui tendent à prouver que Quinn a été trempé dans des trafics de plutonium, mêlant des mafieux russes et des acheteurs étrangers. Il sert apparemment d'intermédiaire.

– Impossible, s'entêta Matthew. Je le connais, il est incapable de...

– Je n'invente rien, se défendit le hacker. Je vous ai préparé un dossier complet, que je vous envoie. Il vous suffira de le consulter pour vérifier.

Tout en parlant, il pressa une touche de son clavier. L'ordinateur de Justin émit un « bip » de réception.

– C'est dans la boîte, confirma Justin. Merci, Sonny. Tu as autre chose ?

– Ouais, grogna le hacker, mais c'est le plus grave à mon avis.

– Plus grave que du trafic de matériel nucléaire ? ironisa Justin. Tu m'intéresses au plus haut point !

– J'ai fait tourner plusieurs moteurs en axant les recherches sur des faits divers moscovites. J'ai isolé celui-là, parce que les recherches faciales m'ont permis d'identifier deux victimes.

Il avait pianoté sur son clavier et des images apparaissaient sur l'écran large de l'ordinateur de Justin.

Matthew Slides et son neveu découvrirent un reportage diffusé par les chaînes d'information russes. On y voyait l'incendie d'un immeuble de la banlieue, les habitants affolés, les pompiers maîtrisant les flammes. Un officier de police affirmait que tout était sous contrôle. Puis une succession de portraits des victimes de la catastrophe défilait.

Le reportage s'arrêta net sur l'une des photos. Sonny Boy avait interrompu la diffusion.

– Première identification, expliqua-t-il. Cet homme n'est pas celui que les informations officielles décrivent. C'est le membre d'une mafia russe, spécialisée dans le trafic d'armes en tous genres. Un ancien militaire reconverti en mercenaire, qui a déjà fait parler de lui par le passé.

– Un rapport avec Quinn ? s'enquit Justin.

– Pas forcément, convint le hacker, mais ce serait stupéfiant qu'un mafieux mêlé à du trafic d'armes périsse au moment où un trafic de plutonium est mis en place... Non ?

– Exact, intervint Matthew. Vous parliez d'une autre victime...

À nouveau, Sonny Boy pianota sur son clavier.

Un autre portrait s'afficha.

– Ne faites pas attention au nom qui s'affiche sur l'écran, fit le hacker. Cet homme est une légende dans le monde des hackers. Je vous présente Sergeï Blokhine.

– De qui s'agit-il ? s'enquit Justin.

– De l'un des plus grands hackers russes. Nous étions peu à connaître son véritable visage. En Russie, il était considéré comme un fantôme. Certains affirmaient même que son existence relevait de la légende urbaine et que Blokhine était en fait le pseudonyme de toute une équipe de pirates informatiques.

– Il est mort dans cet incendie, en compagnie d'un mafieux russe spécialisé dans le trafic d'armes..., résuma Justin à mi-voix.

– Ouais, confirma Sonny Boy. Le drame s'est déroulé il y a quelques heures.

– Dans son dernier message, Quinn m'affirme disposer d'un cellulaire intraçable, glissa Slides.

– Si quelqu'un, à Moscou, a pu lui fournir un tel matériel, c'est Sergeï Blokhine, répondit Sonny. À ce propos, Matthew...

– Oui, mon ami ?

– Avec votre autorisation, je voudrais pouvoir

cloner votre téléphone. Cela me permettra peut-être de localiser un éventuel appel de Quinn.

– Je viens de vous dire qu'il utilise un appareil crypté, objecta Slides.

Il entendit en écho un rire de gorge.

– Ouais, s'amusa Sonny Boy. « Crypté », « intraçable », ça en jette. Ça décourage même la plupart des supposés spécialistes. Mais ça ne signifie pas pour autant que c'est impossible – il n'y a que dans les films et les romans d'espionnage que ça arrive, pour faciliter la vie des scénaristes. Dans la vraie vie, rien ne résiste à un hacker connaissant vraiment son boulot.

– Dans ce cas, faites comme bon vous semble, mon ami.

Slides s'interrompit soudain. Il leva un sourcil inquisiteur et se pencha davantage en direction de l'écran.

– Je suppose d'ailleurs que vous avez DÉJÀ accès à mon téléphone, monsieur Noland.

Sonny Boy blêmit.

– Non, balbutia-t-il, enfin, je veux dire… Oui.

Il leva les mains et brassa l'air en une tentative d'excuse.

– Mais vous avez ma parole, Matthew, je n'ai rien fait avant d'obtenir votre accord, jamais je ne me permettrais de…

Ce fut au tour de Slides de ricaner.

– Vous avez bien fait, le rassura-t-il. L'important, c'est de sauver Quinn et de le ramener aux États-Unis sain et sauf. À ce propos, l'affaire de ce hacker est significative, il faut agir au plus vite.

Il se tourna vers Justin, quêtant une approbation, mais déchanta devant la mine fermée du jeune homme.

– J'interviens dans les cas d'erreurs judiciaires, soupira ce dernier, pas pour exfiltrer des ex-militaires qui se sont piqués de jouer les James Bond sur le tard… et encore moins pour éviter à des trafiquants d'armes de destruction massive d'assumer leurs crimes.

– Je suis certain que c'est une erreur, plaida Slides. Quinn nous expliquera tout ça dès que…

– Si Helena apprend que je lui ai demandé de revenir pour rien, le coupa Justin, ce sera la cerise sur le gâteau.

– Pas pour rien, corrigea Slides. Il s'agit tout de même de venir en aide à un homme dont la vie est menacée.

– Par qui ?

– Là est la question. Je n'ai pas encore toutes les réponses mais je compte bien les obtenir.

– Il va falloir le joindre au plus vite, intervint Sonny Boy. Je vais avoir besoin de détails.

Matthew Slides secoua la tête.

– Impossible de l'appeler : j'ai tenté son ancien numéro, mais je n'obtiens aucune réponse. Je pense qu'Allistair s'est débarrassé de son portable. Il utilise ce cellulaire crypté. Il a mon numéro, il m'a déjà laissé un message. Je vais devoir attendre son appel.

– Demandez-lui de s'acheter des jetables dès qu'il le pourra, conseilla le hacker. Il lui suffira de les détruire après un appel unique et jamais ses poursuivants ne pourront le localiser.

– Bonne idée, admit Slides. Je le lui dirai.

Il se tourna vers Justin.

– Dis-moi que tu vas y aller.

– Je vais en discuter avec Helena.

– Elle sera partante, elle l'est toujours.

– On parle de moi ? fit une voix en provenance de l'ascenseur.

Matthew et Justin pivotèrent de concert.

– Nous n'attendions plus que vous, chère Helena ! s'exclama Slides en ouvrant grand les bras.

Chapitre 19

De l'autre côté d'une large vitrine encadrée de bois précieux s'ouvrait la vaste salle d'un restaurant cossu, meublé avec goût – tableaux savamment choisis, miroirs élégants, bouquets de fleurs fraîches à la composition digne des maîtres japonais de l'ikebana[1]. Les tables y étaient dressées selon les règles de l'art, on y disposait de couverts précieux sans être ostentatoires. Partout où se portait le regard, le raffinement était évident.

Une épaisse moquette étouffait les pas des serveurs, qui se déplaçaient avec aisance entre les tables, respectant un ballet complexe pour s'assurer qu'aucun convive ne manquait de quoi que ce soit. Tout, ici, respirait le luxe et le calme. On s'y exprimait à voix basse, respectant l'ambiance feutrée.

---

1. L'ikebana ou « l'art de faire vivre les fleurs » est un art traditionnel japonais de composition florale, qui privilégie l'harmonie, le rythme et les couleurs.

L'établissement était réputé et couru du Tout-Moscou – de l'avis général, on y mangeait divinement bien et l'on y buvait les meilleurs crus, venus du monde entier. Le chef qui officiait aux cuisines était aujourd'hui reconnu à l'international, il avait eu les honneurs de nombreuses revues étrangères où l'on vantait à longueur de colonnes son inventivité et la qualité de sa carte.

Pour accéder à l'une de ses tables, il fallait jouir d'un fort pouvoir d'achat et avoir réservé sa table parfois depuis de longs mois, car on se bousculait pour y déguster les créations du maître des lieux. Il fallait avoir tout cela…

Ou bien s'appeler Vassili Golovine.

Vassili Golovine avait porte ouverte partout à travers Moscou. Il n'y avait pas un restaurant en vue, pas un bar à la mode, pas un endroit où l'on s'amusait et où l'on pouvait croiser des célébrités qui n'ait pas une place réservée pour lui.

Le nom de Vassili Golovine était synonyme de réussite. De réussite financière éclatante, pour cet ancien militaire reconverti dans les affaires depuis quelques décennies. On disait de Vassili Golovine qu'il avait économisé durement ses soldes, qu'il s'était constitué un joli pécule et qu'il avait réalisé des investissements très performants. On disait qu'il avait un sens aigu des affaires, qu'il avait su faire fructifier son argent et qu'il n'avait pas tardé, à la faveur de paris risqués mais extrêmement lucratifs, à multiplier sa fortune. On répétait à l'envi qu'il possédait de nombreuses sociétés, qu'il donnait du travail à de très nombreux Russes, qui lui étaient reconnaissants. On vantait sa présence à l'église, ses dons pharaoniques pour des œuvres. Un dispensaire, ouvert à l'intention des familles d'ex-militaires, portait le nom de celui qui avait financé sa construction. On racontait tout cela à son propos, et bien d'autres choses encore, mais ces derniers points étaient abordés sur le ton de la confidence et l'on jetait fréquemment des regards inquisiteurs en abordant le sujet, afin de s'assurer de n'être pas surpris.

Vassili Golovine détestait être le héros de certains récits qui ne le mettaient pas à son avantage. Des histoires colportées dans son dos, car nul ne se serait avisé de le faire en sa présence. Quand le sujet était abordé – et il ne se passait pas une soirée, à Moscou, au cours de laquelle on ne parlait pas de lui –, on évoquait également le parcours chaotique de Vassili Golovine. Des épisodes peu reluisants, au vrai – des comptes-rendus de tueries, d'exécutions sommaires, de ventes illégales d'armes, de trafics de drogue ou d'esclaves… Il en ressortait que si la fortune de Vassili Golovine était aujourd'hui colossale, elle s'était construite davantage sur la douleur, le mensonge, le chantage et l'extorsion que sur des valeurs plus humanistes que l'homme s'évertuait à défendre en société.

Et si Vassili Golovine avait su développer un vernis de respectabilité, nul ne se faisait plus guère d'illusions : c'était un authentique chef de gang, à la tête de l'un des réseaux les plus craints de Russie. Un homme puissant et terriblement dangereux. Un tueur impitoyable, qui était surveillé depuis des années par les services de police russes et que l'on n'avait jamais réussi à mettre derrière les barreaux. Certes, Vassili Golovine usait de son pouvoir et de son immense fortune pour se garantir les meilleurs défenseurs – il avait à sa disposition un bataillon d'avocats zélés et redoutablement efficaces –, il savait également distribuer de fortes sommes d'argent, au bon moment et à la bonne personne – ils étaient quelques-uns, parmi les fonctionnaires d'État parfois très haut placés, à avoir bénéficié de ses « largesses » – mais son succès reposait avant tout sur un trait de caractère.

Vassili Golovine était méfiant.

Il souffrait d'une défiance maladive, qui le poussait parfois à des extrémités qu'il était amené à regretter, sans jamais parvenir à corriger ce travers.

Combien de fois avait-il exigé la tête d'un employé qu'il soupçonnait de ne pas être loyal, pour s'apercevoir ensuite qu'il ne s'agissait que de rumeurs circulant à l'encontre du malheureux ? Combien de fois avait-il condamné des innocents, pour ne pas courir le risque d'être trahi ? Ses plus anciens hommes de main n'auraient su le dire... et se seraient, quoi qu'il advienne, bien gardés de tenir le moindre décompte !

Vassili Golovine régnait en maître indiscutable.

Et Vassili Golovine, ce jour-là, ne décolérait pas.

– Qu'est-ce qui s'est passé ? rugit-il sans se soucier que ses voisins de table l'entendent.

Autour de lui, ses lieutenants étaient mal à l'aise. Ils considéraient la pointe de leurs souliers vernis, incapables d'affronter le regard injecté de leur employeur, ce colosse au crâne rasé, au torse de lutteur de foire, au cou de taureau à la base duquel on devinait la naissance de nombreux tatouages.

– Quelqu'un va me répondre, à la fin ? tonna-t-il en abattant sur la table son poing énorme.

Le choc fut tel que les verres de cristal vacillèrent avant de se briser en tombant, répandant un vin hors de prix qui fut absorbé par les fibres de la nappe.

Aux tables voisines, on n'en menait pas large. Les dames fouillaient dans leurs sacs pour se donner une contenance, les hommes s'empressaient de réclamer l'addition au serveur le plus proche.

Vassili Golovine était le plus souvent d'humeur joyeuse et le voir ainsi congestionné ne laissait rien présager de bon. L'avis était partagé par tous les clients du restaurant : mieux valait s'éloigner du cœur du cyclone, avant qu'il se déchaîne.

Le géant leva une main impérieuse et, d'un signe bref, réclama une nouvelle bouteille. Déjà, on s'empressait autour de lui. Des serveurs zélés s'étaient portés à hauteur de la table et avaient fait disparaître les couverts et la nappe souillée, pour aussitôt les remplacer par leurs coussins, frais et propres.

Vassili Golovine fit tourner dans son verre le nectar qu'un jeune sommelier venait de verser à son intention. Il leva le cristal, huma les parfums du vin et goûta en fermant les yeux, comme il avait vu faire des œnologues.

Il déglutit bruyamment, puis fit claquer sa langue pour manifester sa satisfaction.

– Parfait ! Vous pouvez y aller !

Le garçon s'empressa de remplir de nouveau son verre, avant de disparaître. Trop heureux de s'éloigner de cet ogre répugnant.

– Qui avait-on envoyé ? reprit Golovine après s'être épongé les lèvres du revers de sa main.

– Ivan, Misha et Pavel, répondit l'un des lieutenants présents. Ce sont... C'étaient de bons éléments.

– Et pourquoi seulement trois ?

L'homme qui avait pris la parole ne parvint pas à soutenir le regard assassin de son patron.

– Qu'est-ce qui s'est passé, au juste ?

Un autre lieutenant vint à la rescousse de son camarade.

– On avait fait appel à un Vory pour surveiller l'Irlandais – et le protéger au besoin –, mais il s'est fait descendre.

Vassili Golovine sentit monter en lui un nouvel accès de fureur. Il éteignit l'incendie en avalant la totalité de son verre de vin, avant de se resservir.

– Qui a éliminé le Vory ?

– On ne sait pas, avoua son interlocuteur en tremblant. On pense qu'il s'agit de la concurrence.

– Pourquoi pas la police ? gronda le mafieux. Ils sont toujours à fouiner...

– Parce qu'un policier n'aurait pas abattu le Vory. Il l'aurait probablement arrêté et...

– Ça veut dire que l'Irlandais est surveillé, lui aussi.

– Oui, monsieur.

– Où l'élimination du Vory a-t-elle eu lieu ?

– Devant une planque fournie à l'Irlandais par Sergeï Blokhine. Qui lui a donné également de nouveaux papiers.

– Ça confirme ce que je pensais, déclara Glovine. Ce Quinn est un fruit pourri : il prépare déjà sa fuite. Il n'est pas fiable.

Un troisième lieutenant s'éclaircit la voix.

– Si monsieur veut me permettre ?

Golovine l'invita à poursuivre d'un geste méprisant.

– Nous avons étudié le cas d'Allistair Quinn. Il présentait toutes les garanties. Nous pensons qu'il a pris peur parce que la police a noté sa présence sur le territoire. Mes contacts au sein des services des douanes m'ont appris qu'on avait invalidé ses visas et qu'on avait fait circuler des instructions pour l'arrêter, dès qu'il se présenterait.

– S'il est poursuivi par la police, ce n'est pas une balance, renchérit le second intervenant.

Golovine fit entendre un nouveau grondement de bête fauve.

– Admettons, fit-il en reportant son attention sur son premier lieutenant. Et en ce qui concerne Ivan et les deux autres ?

– Nous les avions envoyés chez Sergeï Blokhine

pour obtenir tous les renseignements sur l'Irlandais. On se méfiait de lui et on voulait savoir pourquoi il avait fourni ces papiers à l'Irlandais sans nous prévenir. On pensait trouver les identités et les adresses.

– Mais Blokhine a été plus malin...

L'autre s'interdit de répondre. Il se contenta de regarder la moquette, en attendant la réaction de son employeur.

Vassili Golovine vida un nouveau verre de vin, avant de libérer un rot sonore.

– Résumons : Allistair Quinn a pris contact avec nous, via Sergeï Blokhine. Il voulait acheter une grande quantité de plutonium militaire et il savait que nous étions en mesure de le lui fournir.

– Oui, monsieur.

– La police a eu vent de sa présence et s'est mise à le traquer.

– Oui, monsieur.

– Quinn est allé voir Blokhine, a obtenu de nouvelles identités et a disparu. Le Vory que nous avions envoyé pour assurer sa protection et sa surveillance s'est fait descendre.

– Oui, monsieur.

– Et les trois hommes qui se sont rendus chez Blokhine pour en savoir davantage ont péri avec

Sergeï, dans l'explosion de son appartement.

– Oui, monsieur.

– Ce qui signifie que Quinn est dans la nature...

– Oui, monsieur.

– ... et que le premier qui mettra la main sur lui pourra remonter jusqu'à nous.

Cette fois, l'homme de main se mura dans le silence.

Vassili Golovine joua machinalement avec l'un des couteaux posés devant lui. Instinctivement, son lieutenant se redressa, sans parvenir à détacher les yeux de la lame étincelante.

– Bien, soupira Golovine. On ne prendra donc aucun risque.

– Monsieur ?

– Retrouvez l'Irlandais. Et faites-le disparaître. Je ne veux plus jamais entendre parler de lui. C'est clair ?

– Parfaitement, monsieur.

– Au besoin, mettez tous les Vory que vous voulez sur le coup. Je veux la tête de ce Quinn et je la veux vite.

– À vos ordres, monsieur.

Vassili Golovine reposa le couteau, qu'il aligna parfaitement avec ses voisins.

Au grand soulagement de ses lieutenants.

Chapitre 20

Helena avait déposé un sac de sport dans l'entrée. Justin lança un coup d'œil inquisiteur dans sa direction.

– Deux ou trois choses que j'ai jugé bon d'emmener, éluda-t-elle.

Il ne commenta pas. Helena était son chauffeur, son pilote et son garde du corps attitré. La jeune femme disposait à ce titre d'un véritable arsenal, qu'elle gérait avec une science et une maîtrise hors pair.

– OK, fit Justin en tapant dans ses mains pour sonner la fin de la pause. Maintenant que nous sommes tous réunis, si on reprenait ?

Il résuma succinctement la situation à son intention, afin qu'Helena dispose de tous les éléments et qu'elle puisse prendre la direction des opérations sur le terrain. La jeune femme l'écouta sans un mot. Elle était concentrée et se projetait déjà à Moscou, où elle devrait assurer la protection de l'héritier des Case, tout en retrouvant Allistair Quinn afin de le faire sortir de Russie.

– J'ai connu des missions plus simples, lâcha-t-elle quand il eut achevé son topo. Sortir quelqu'un de Russie, même de nos jours, c'est compliqué, sans papiers.

– Il dispose de nouveaux documents, qui devraient faire l'affaire, nota Justin.

– Si tu le dis, Boss...

– Tu penses donc que c'est jouable ?

– Si je devais valider seulement les affaires raisonnables, répliqua-t-elle en laissant fuser un rire léger, tu passerais beaucoup plus de temps dans ton loft que sur les routes ! On part quand ?

– Dès que tout le monde est prêt, répondit Justin en interrogeant ses compagnons du regard.

Il se tourna vers l'écran.

– Sonic ? Quelque chose à ajouter ?

– *Nope*, fit le hacker. J'ai lancé mes logiciels de reconnaissance et piraté la plupart de systèmes de surveillance de Moscou. Si Quinn met le nez dehors, je pourrais le localiser. Et s'il appelle Matthew, je devrais gagner du temps.

– C'est noté. Matthew ? Rien de plus ?

Matthew Slides lui présenta un visage avenant. Justin se raidit : il ne connaissait que trop bien cette expression et redoutait le pire ! Matthew Slides l'adoptait en conseil d'administration... et lorsqu'il avait conscience de franchir les limites. Mais le dandy misait tout sur son évident charisme pour faire pencher la balance en sa faveur, emportant généralement l'adhésion de ses interlocuteurs.

Slides sut que Justin avait flairé la manœuvre.

– Toi, fit le jeune homme sur le ton du reproche, tu m'as caché des choses...

– Rien de grave, assura Slides, mais j'attendais de pouvoir soumettre la question à la véritable spécialiste au sein de notre petit groupe.

Il glissa la main dans sa poche et en sortit le pistolet Oudav, qu'il déposa sur le bureau, devant Helena. Justin fronça les sourcils. Sonny Boy effectua des manipulations pour zoomer sur l'arme.

La jeune femme s'en empara aussitôt. Elle fit tourner l'arme, l'inspecta en détail et hocha la tête avec admiration.

– De la belle ouvrage ! diagnostiqua-t-elle. Ces nouveaux pistolets russes sont redoutables et autrement plus efficaces que les antiquités qu'ils vont bientôt remplacer. Ils disposent de munitions capables de transpercer des gilets de protection. Le recul est violent et il faut être habitué pour les manipuler. À ma connaissance, seuls quelques militaires l'ont reçu en dotation.

– Je suis donc la seule personne au monde à n'avoir jamais entendu parler du Oudav avant aujourd'hui ! se désola Slides.

– Chacun son domaine de compétence, fit Helena. Les armes, ça n'est pas votre rayon.

Elle nota une étincelle dans l'œil de Matthew et choisit de ne pas insister.

– Où as-tu obtenu ce pistolet ? interrogea Justin.

– Sur son propriétaire, dans une cour de la 63e.

Justin leva un sourcil intrigué.

– Tu peux m'en dire davantage ? insista-t-il.

– Disons que j'ai été suivi ce matin à travers Central Park, et jusqu'ici. L'homme a repris sa filature quand je suis parti. Je l'ai entraîné du côté de la 63e Rue et il a voulu s'en prendre à moi dans une cour isolée.

Il coula une œillade en direction d'Helena, trop heureux de son effet et ajouta :

– J'ai dû infliger une correction à ce garçon, avant de récupérer son arme et ce portable.

Joignant le geste à la parole, il déposa le cellulaire du Russe sur le bureau.

– Mais... Seigneur ! s'étouffa Justin. Tu comptais m'en parler quand ?

– Je suis en train de le faire, se renfrogna

Matthew. Chaque chose en son temps.

– Tu as été attaqué par un militaire russe, en plein New York, tu lui as volé son portable et son pistolet et ça n'était pas la première chose à me dire ?

– Pas à TE dire, Justin, l'interrompit Slides, à VOUS dire. Parce que j'ai reçu depuis un SMS via ce téléphone. Un message qui était destiné au propriétaire de ce matériel.

Il pointait du doigt le smartphone, sur l'écran duquel le message s'affichait toujours. Helena se pencha au-dessus et haussa les épaules.

– Je ne lis pas le cyrillique.

– Moi, si, déclara Matthew.

– Oh ? s'étonna Justin. Et ça dit quoi ?

– Ça dit : « Autorisation d'agir. Éliminez cible. Effacez traces. Retour par premier vol Aeroflot », déclara Sonny Boy qui avait activé un logiciel de traduction.

Justin se tourna vers Matthew.

– Ce type a reçu l'ordre de te tuer..., coassa-t-il, suffoqué par la révélation. Pourquoi ne m'en as-tu pas parlé avant ?

Slides eut un léger haussement d'épaules.

– Je ne voulais pas t'inquiéter pour rien.

– Pour rien ? s'étrangla Justin. Un militaire russe t'agresse, tu lui voles son arme de service et ça n'est pas grave ? Qu'est-ce qui est grave pour toi, Matthew ?

Slides redevint sombre.

– Ce qui est grave, c'est qu'un homme est isolé, quelque part dans Moscou et qu'il peut mourir assassiné ce soir, demain, dans quelques jours ou quelques heures. Voilà ce qui est grave ! Il se trouve que cet homme est mon ami et que je ferai tout ce qui est en mon pouvoir pour lui venir en aide.

– Dans quel pétrin votre ami s'est-il fourré, Matthew ? intervint Helena. On n'a pas la mafia et les militaires russes après soi, si l'on se contente de faire du commerce.

Justin lui adressa une mimique complice. Il partageait en tous points l'analyse de la jeune femme, mais Matthew Slides n'en démordait pas : il fallait sauver le soldat Quinn !

– Qu'as-tu fait, après avoir récupéré ce matériel sur le Russe ? demanda-t-il encore à Matthew.

– Je suis passé au club que nous fréquentions autrefois, Quinn et moi.

– Quel club ?

– Une *society* à l'accès restreint, résuma Slides, soucieux de ne pas entrer dans les détails.

– Comme la Society of Illustrators où nous sommes allés quelques fois ?

– Oui, les deux clubs sont voisins, figure-toi. Mais cette *society*-là ne réunit pas de vénérables auteurs de BD.

– Des anciens avocats ? hasarda Helena.

– Plutôt des anciens combattants, même si je réfute ce terme qui me semble réducteur.

– En quoi ? reprit la jeune femme sans masquer une moue attendrie.

– Lorsqu'on emploie ce terme, développa Matthew, les auditeurs visualisent des éclopés, qui n'ont plus ni toute leur tête, ni toutes leurs capacités physiques.

– Et ça n'est pas le cas ? s'esclaffa Sonny Boy.

Piqué au vif, Matthew allait formuler une réponse acide, mais il se retint de justesse. L'espace d'un instant, il avait oublié que le hacker était cloué dans un fauteuil de handicapé depuis ce funeste accident qui avait mis un terme à sa carrière de sportif de haut niveau.

Sonny Boy sembla lire dans les pensées du dandy.

– Hé ouais, s'amusa-t-il, je sais de quoi je parle ! Je suis moi-même un ancien combattant de la route.

– Et contrairement à moi, vous disposez encore

de toute votre tête, cher Sonny Boy ! le félicita Slides, trop heureux d'avoir évité l'incident.

Le hacker lui adressa un clin d'œil reconnaissant.

Justin, pour sa part, demeurait songeur. Son parrain avait eu plusieurs vies, c'était acquis... Mais il y avait encore de nombreux épisodes que Justin ignorait, de toute évidence.

– Tu veux en parler ?

– Une autre fois, si tu m'y autorises.

– Tu n'as pas été suivi jusqu'à ton club ?

– Je ne pense pas. Pour l'heure, ce qui importe, c'est qu'Allistair court un grave danger. Nous devons trouver le moyen de le faire sortir de Russie.

– Il suffit de prendre un avion, intervint Sonny Boy.

– Pour cela, objecta Justin, il faut des papiers en règle.

– Ça doit pouvoir s'arranger, ricana le hacker. Un tour dans les ordinateurs de l'administration russe et les visas sont de nouveau validés.

– Pas si les militaires russes en ont décidé autrement.

– Tu veux parier ?

Justin considéra son ami avec bienveillance. Sonny était le meilleur dans sa spécialité, il ne doutait pas une seconde qu'il fût capable d'un tel miracle technologique, mais il en oubliait parfois l'essentiel.

– Être en règle est une chose, Sonic. Passer des contrôles auxquels des militaires seront présents avec pour mission d'éliminer Quinn en est une autre.

– Un point pour toi, Boss ! capitula le hacker.

Justin reporta son attention sur Matthew.

– Tu ne veux vraiment pas me dire ce que Quinn trafique exactement ? Tu ne me caches plus rien à son sujet ? Il ne prépare pas un coup tordu, au moins ?

Il lut la tristesse sur le visage de Slides.

– Si seulement je le savais ! avoua le dandy.

– OK, soupira Justin. J'ai donné ma parole au restaurant, je ne ferai pas marche arrière. Helena ?

– Prête, Boss ! Le jet est sur le tarmac, le plein est fait et les autorisations sont délivrées. En poussant un peu, on peut se poser à Moscou dans moins de dix heures[1].

– OK. J'attrape ma valise et on file à l'aéroport. Sonic ?

– On reste en contact permanent, assura le

---

1. Les vols Aeroflot assurent la liaison Moscou-New York en dix heures et quinze minutes.

hacker. Je suis connecté à vos portables et j'ai la liaison avec le jet. Dès que j'ai la localisation de Quinn, je vous alerte.

– Parfait. Matthew ?

– Oui ?

– Tu restes ici. Tu ne bouges pas, jusqu'à ce que cette affaire soit réglée.

– Ici ? Mais... je n'ai pas mes affaires et il me faut...

– Tu te feras livrer le nécessaire. Il n'est pas question que tu retournes chez toi. Si ce militaire russe a reçu l'ordre de t'éliminer, il n'est pas seul sur le coup.

Il baissa le ton et ajouta, dans un souffle :

– Je n'ai qu'un seul parrain, Matthew. Je compte en profiter encore longtemps.

Cédant à une impulsion, Slides prit son filleul dans ses bras.

– C'est d'accord, promit-il. Je me ferai tout livrer et j'organise le siège ici.

– Parfait, fit Justin. Cette fois, on y va.

Il emboîta le pas à Helena, avant de se raviser, de fouiller dans la poche intérieure de sa veste et d'en tirer une facture qu'il tendit à Slides.

– Au fait, c'est pour toi. Puisque tu es là à résidence, autant t'en acquitter sans tarder.

Matthew Slides étudia le document. Il s'agissait de la commande d'une magnifique composition florale, pour un montant astronomique.

– Des fleurs ? s'étonna le dandy. Pour moi ? Je ne comprends p…

– La note, seulement, rectifia Justin. J'ai pris sur moi de commander un bouquet.

– Il y en a pour une petite fortune ! s'offusqua Slides.

– Normal, c'est un bouquet somptueux.

– Et tu peux me dire en quel honneur je t'offre ces fleurs ?

– Pas à moi : à la jeune secrétaire que tu as volontairement terrorisée. Tu sais ? La jolie brune qui officie au rez-de-chaussée de cet immeuble. Rez-de-chaussée où, je te rappelle, tu as interdiction de mettre les pieds puisque tu es assigné à résidence jusqu'à notre retour.

– Terroris…, s'étouffa Slides. Mais pas du tout ! Je me suis conduit de façon tout à fait…

Justin émit un claquement de langue agacé.

– Ntt, ntt ! Un mot de plus… et je double l'amende !

Il se pencha vers son parrain et lui glissa à l'oreille :

– Et que je ne t'y reprenne plus, vieille canaille !

Des étoiles s'étaient allumées dans les prunelles de Matthew, qui répliqua sur le même ton :

– Le seul fait que tu puisses m'en croire encore capable suffit à mon bonheur.

Il leva le ticket et déclara :

– Tu es le digne héritier de ton père, Justin Case ! Tu ne lâches jamais et je suis fier d'être ton parrain. Considère cette histoire comme réglée : c'est une dette d'honneur et tu sais que je m'en acquitte toujours.

Justin posa sur lui un regard affectueux.

– Je le sais, Matthew. Je le sais ô combien !

Il se tourna vers son assistante.

– Helena ?

– On n'attend plus que toi, Boss.

– Dans ce cas, on y va.

Ils prirent place dans l'ascenseur.

Matthew demeurait dans l'entrée, face à eux.

– Justin ?

– Oui, Matthew ?

– Prends soin de toi.

C'est Helena qui intervint, cette fois.

– Je suis là pour ça, Matthew. C'est mon boulot, vous vous souvenez ?

– Et moi ? fit la voix de Sonny Boy.

– Toi, répliqua Justin en haussant le ton pour être certain que le hacker l'entende, tu es notre ange gardien.

– Bel effort ! s'esclaffa le hacker, même si tu mens mal. Allez, assez perdu de temps. On a du travail.

Justin Case consulta sa montre.

– Il y a sept heures de décalage entre Moscou et New York. À minuit ici, il est déjà 7 heures du matin là-bas. Il faudra en tenir compte.

Sonny Boy s'étira en étouffant un bâillement.

– Message reçu : j'ai intérêt à dormir cette nuit, parce que les journées vont être longues.

– On va tâcher de ne pas s'éterniser, fit Helena. Promis !

La porte de l'ascenseur se referma dans un délicat roulement parfaitement huilé.

Chapitre 21

Justin et Helena étaient partis depuis une vingtaine de minutes quand le smartphone de Slides se mit à vibrer. Le dandy était toujours en visioconférence avec Sonny Boy, avec qui il devisait gaiement – Matthew avait toujours éprouvé une affection particulière pour le hacker, dont il appréciait l'intelligence tout autant que la franchise. En s'apercevant que l'écran s'allumait sans afficher aucun numéro, il bondit de sa chaise.

– Sonny ! s'exclama-t-il. C'est certainement Quinn !

– OK, Matthew. Restez calme, je suis déjà connecté.

– Vous y êtes ? souffla Slides. Je peux décrocher ?

– Quand vous voulez, confirma le hacker. J'enregistre et je lance les logiciels de traçage. Essayez de le garder le plus longtemps possible en ligne, je vais devoir faire tomber un certain nombre de pare-feu.

– C'est compris.

Slides décrocha sans plus attendre, partagé entre la colère et l'appréhension – il ne savait toujours pas s'il devait plaindre ou blâmer l'Irlandais et comptait bien en apprendre suffisamment pour se faire une juste opinion.

– Matthew Slides, annonça-t-il d'une voix monocorde.

Celle qui lui parvint en retour tremblait sous les effets conjoints de la fatigue et du stress.

– Matthew, fit Allistair Quinn dans un souffle, c'est moi, l'ami. Je... Je suis désolé de... Il n'y a plus que toi qui p...

Il s'interrompit, en proie à la plus totale confusion.

Le dandy éprouva un véritable malaise. L'homme qu'il avait au téléphone n'était plus que l'ombre fantomatique du fringant militaire qu'il avait connu autrefois. À l'époque, Quinn était capable de veiller des nuits entières, de marcher des kilomètres dans la jungle, d'effectuer des missions de reconnaissance seul dans le désert, sans jamais se plaindre et en faisant preuve d'une faculté de récupération hors normes. C'était un géant, un véritable colosse qui forçait l'admiration des siens en accumulant les prouesses physiques.

« Il est comme toi, se dit-il avec résignation. Il a vieilli. »

– Du calme, s'entendit-il répondre. J'ai bien eu ton message, Quinn. Accroche-toi. On va tout faire pour te sortir de là.

– Je ne sais pas combien de temps je tiendrai, balbutia l'Irlandais. Ils sont trop nombreux à vouloir ma peau.

– Où es-tu ? risqua Slides en jetant un regard vers l'ordinateur. C'est important, je dois savoir où t'envoyer Justin et Helena.

Sonny Boy pianotait sur deux claviers à la fois. Le hacker, concentré, conservait les yeux sur un écran géant qu'il avait partagé pour l'occasion en de multiples fenêtres.

Un silence interminable au bout du fil laissa craindre à Matthew Slides que son correspondant avait raccroché.

– Quinn ? appela-t-il. Quinn ? Réponds !

– Je suis dans un hôtel, articula l'Irlandais après réflexion. Je ne vais pas y rester longtemps, je dois bouger sans cesse. Je ne sais pas comment ils procèdent, mais ils retrouvent toujours ma trace. Je n'ai jamais beaucoup d'avance.

– Le jet de Justin décollera bientôt, ils seront à Moscou dans une dizaine d'heures et prendront contact avec toi. Le reste ne sera plus qu'une formalité, tu peux nous faire confiance.

– Merci, murmura Quinn, mais je ne sais pas si je résisterai jusque-là. Il y a tellement longtemps que je n'ai pas dormi...

Slides entendit que son correspondant passait une main sur sa joue, faisant crisser sa barbe naissante.

– Je me suis fourré dans un sacré merdier. Je n'aurais jamais dû accepter...

L'Irlandais s'interrompit à nouveau.

Slides serra le poing sur son smartphone. Il n'aimait pas les réticences de son ami. Cédant à une impulsion, il décida de ne plus prendre de gants.

– Dis-moi la vérité, Allistair. Cette histoire d'ogives nucléaires. C'est du trafic ? Quel rôle y joues-tu exactement ?

– Moins tu en sauras et mieux tu t...

– Ne joue pas au con avec moi ! s'emporta Slides. Je ferai tout pour que tu t'en sortes, mais j'ai besoin de comprendre pourquoi un Russe est venu à New York avec l'intention de me descendre.

– Un Russe ? s'étouffa Quinn. Mais... Ils ne peuvent pas déjà être au courant qu...

– À l'évidence, railla le dandy, tu n'es plus dans le coup, mon vieil ami. Ces gars-là vont vite. Très vite. Ils disposent de bien plus d'éléments que tu ne veux bien le croire. Ils m'ont identifié, comme ils ont certainement identifié tous tes correspondants.

Il accorda un temps à l'Irlandais pour recouvrer ses esprits et ajouta, plus conciliant :

– Rends-nous un service à tous les deux, Quinn : assez de mensonges et de non-dits. J'ai envoyé Justin Case, que je considère comme mon fils, à ton secours. J'ai le droit de savoir dans quel guêpier tu vas l'entraîner.

– OK, s'effondra Quinn. Je... je ne sais pas par où commencer. Il y a ce Russe, Vassili Golovine, qui organise un trafic international. Il vend de tout : des armes, de la drogue...

– ... et du plutonium récupéré sur des ogives militaires, coupa Slides. Probablement dans le surplus accumulé suite au programme de démilitarisation. J'avais saisi. Va droit au but, s'il te plaît.

– Je me suis proposé comme intermédiaire. J'ai pris contact, j'ai rencontré les émissaires de ce Golovine. Nous avons fait affaire et je devais organiser la livraison du plutonium.

– Tu as accepté de participer à un trafic de plutonium, qui sera probablement destiné à fabriquer des bombes utilisées par des terroristes ? s'exclama Matthew. Mais Bon Dieu, Quinn ! Tu es devenu fou ?

– Ça n'est pas ce que tu crois, se défendit mollement l'Irlandais. Je sais que les apparences peuvent être trompeuses, mais tu dois me faire confiance. Je te jure que tu ne le regretteras pas !

Slides lança un regard interrogateur en direction de l'écran. Sonny Boy lui adressa un geste de connivence, signifiant : « Faites-le encore parler, j'y suis presque. »

– Pour ne pas le regretter, comme tu le dis si bien, il va m'en falloir davantage, reprit le dandy. Tu comprendras que tu ne m'offres aucune garantie et je te le répète : je ne risquerai pas la vie de Justin. Même pour sauver la tienne...

Il se mordit la lèvre et finit par ajouter :

– ... surtout si tu trempes dans ce type de marchés répugnants.

– Il faut me croire, psalmodia Quinn. Je ne suis pas ce type d'ordures ! Enfin, merde... Matthew ! On se connaît, toi et moi !

– J'aimerais être certain que tu es toujours le Quinn avec lequel j'ai combattu, déclara Slides d'une voix sourde. Et que tu n'as pas basculé dans un camp que nul ne pourra défendre.

– Ça n'est pas le cas, martela l'Irlandais.

– Donne-moi ton adresse, Allistair. Maintenant. Ensuite, tu iras acheter des portables jetables que tu n'utiliseras qu'une fois. Nous pourrons te contacter.

Dès que tu auras été joint par Justin, nous y verrons plus clair.

– Des jetables, répéta l'Irlandais. D'accord. Je m'en occupe tout à l'heure.

– Dès que c'est fait, ajouta Slides, tu retournes à l'hôtel et tu tiens la position. Ils ne viendront pas te tuer dans un établissement fréquenté par des touristes.

– Tu ne sais pas ce dont ils sont capables, râla Quinn.

– Je ne le sais que trop bien. J'ai corrigé l'un d'eux en plein New York. Maintenant, donne-moi cette foutue adresse et repose-toi. Oblige-toi à dormir, même deux heures. Ça suffira à te remettre les idées en place.

– Tu as raison. Alors, l'adresse : je suis à l'hôt...

Un nouveau silence.

Puis une sonnerie continue.

– Quinn ? s'écria Matthew Slides. Quinn ? Réponds-moi !

La communication avait été coupée brutalement.

Le dandy retint in extremis la bordée de jurons qui se pressait à ses lèvres. Il se pencha vers l'ordinateur.

– Monsieur Noland ! supplia-t-il. Dites-moi que vous êtes parvenu à localiser l'appel.

– Relax, fit le hacker avec un sourire triomphant. J'ai tout. Et je peux même vous dire qu'à l'avenir, je peux quasiment suivre Quinn à la trace.

Devant l'air interdit de son interlocuteur, il décida de libérer quelques informations supplémentaires.

– Disons, pour faire court, que ces téléphones cryptés dits « intraçables » sont très surfaits.

– Merci ! souffla Slides. J'ai bien cru qu'on l'avait perdu.

– Serviteur, répondit le hacker en effectuant une révérence comique.

– Je vais prévenir Justin, décréta Slides.

– Il ne devrait plus tarder à arriver à l'aéroport, fit Sonny Boy après avoir consulté la montre de son écran.

– Aussi vite ? s'étonna Matthew.

Le rire du hacker lui parvint en retour.

– Je vous rappelle que sur le toit de la tour...

Matthew Slides se sentit ridicule.

– ... il y a un hélicoptère, acheva-t-il. Vous avez raison, cher Sonny Boy.

Il se prépara à appeler Justin et eut une pensée pour Quinn – la façon dont l'Irlandais avait raccroché ne laissait rien présager de bon.

« Accroche-toi, mon vieux ! songea-t-il. La cavalerie arrive bientôt. »

Chapitre 22

Allistair Quinn avait raccroché en hâte. À la télé, les informations tournaient toujours. Sans le son elles avaient un pouvoir évocateur quasi hypnotique. Il tendit la main vers le Glock, s'écarta pour ne pas rester dans l'axe de la porte et s'approcha très lentement. Il tendit l'oreille.

Rien. La surprise et la peur avaient fait jaillir dans son sang un flot d'adrénaline, qui eut sur l'esprit de l'Irlandais l'effet d'un coup de fouet.

« Ne bouge pas, se dit-il. Tu n'as pas rêvé. »

Avec précautions il releva son arme et actionna très lentement la culasse, pour ne pas produire de cliquetis qui trahirait sa présence. Contrôlant son souffle, il écouta à nouveau.

Et il sut ne s'être pas trompé.

Quelqu'un se tenait dans le couloir. Le visiteur devait observer le filet de lumière dansant qui filtrait sous la porte. Il devait supposer que Quinn regardait la télévision... ou qu'il s'était assoupi devant le poste, puisque le silence régnait dans la chambre. L'Irlandais en eut confirmation dans les secondes qui suivirent : la poignée de l'entrée tournait lentement. Quinn vérifia d'un coup d'œil que la petite chaîne qui interdisait l'ouverture totale était toujours en place.

La porte s'ouvrit sans un bruit, mais elle fut arrêtée au bout d'une dizaine de centimètres par le système de sécurité sommaire.

Quinn ne bougeait plus. Il vit pointer le canon d'un pistolet, puis une main s'introduisit par l'ouverture, cherchant à dégager la chaînette.

L'Irlandais saisit sa chance : d'une violente bourrade de l'épaule, il repoussa le battant, emprisonnant la main qui brandissait l'arme. Il entendit un craquement sec, puis un cri déchirant. Le poignet de l'intrus avait cédé sous la pression. L'automatique tomba sur la moquette.

Aussitôt, Quinn libéra le système de fermeture, écarta la porte à toute volée et braqua son arme vers un inconnu en costume, qui se tenait le poignet et tentait de s'enfuir.

L'Irlandais tira instinctivement. Le Glock vomit une flamme impressionnante et l'homme s'effondra dans le couloir. Il demeura prostré sur le sol, dans une posture grotesque.

Quinn ne chercha pas à vérifier son état. Il referma la porte, la condamna cette fois en y appuyant la lourde commode et fila vers son lit.

« Tu as perdu un jeu de papiers..., se dit-il. Il faudra faire attention, tu ne tiendras pas longtemps à ce rythme-là. »

Il ramassa sa besace, lança un dernier regard en direction du poste de télévision et fila vers la fenêtre. En se faufilant sur le balcon, il eut une pensée pour Sergeï, qui avait eu la précaution de lui fournir plusieurs jeux de papiers plus vrais que nature. Il adressa un clin d'œil à la photo de son ami qui s'étalait sur l'écran et sortit dans la nuit.

Depuis le balcon, il s'assura que la rue était déserte. Des bruits étouffés lui parvenaient du couloir. Des cris s'élevaient. On avait découvert le corps sans vie. On paniquait, on appelait à l'aide.

L'urgence de la situation électrisa Quinn, qui calcula la distance qui le séparait de l'antique échelle de secours fixée à la paroi de la bâtisse. Il assura la besace sur son épaule, glissa le Glock dans la ceinture de son pantalon et prit son élan. Il effectua un saut admirable... mais un peu court, hélas.

Quinn poussa un cri de désespoir en se sentant tomber dans le vide. Mû par son seul instinct de survie, il lança la main en avant et parvint miraculeusement à agripper un barreau de l'échelle, contre laquelle il vint frapper de tout son poids. La douleur éclata au long de ses membres, mais il eut la présence d'esprit de ne pas lâcher prise. Luttant contre les vrilles de souffrance qui traversaient ses muscles, il saisit fermement un autre barreau de sa main libre et s'appliqua à descendre, redoutant à chaque nouvel échelon de voir jaillir un adversaire à l'angle de l'immeuble.

Il se rétablit enfin dans la ruelle et partit au hasard, désireux de s'éloigner au plus vite de cet hôtel. Il ne ralentit qu'après avoir franchi plusieurs centaines de mètres et mit le cap sur un quartier qu'il savait fréquenté toute la nuit.

Là, étranger parmi les étrangers, il s'accorda enfin le droit de respirer. Et de réfléchir à sa situation. À cette occasion, il prit soudain conscience d'avoir échappé au pire. Il était passé à deux doigts d'une chute terrible, qui l'aurait trouvé sans vie, plusieurs étages en contrebas du balcon. Contre toute attente, en s'imaginant gisant sur le macadam, le corps disloqué après le choc, Quinn fut secoué d'un fou rire inextinguible.

Autour de lui, des jeunes gens pris de boisson se poussaient du coude, en désignant cet inconnu étrange qui riait tout seul. L'Irlandais surprit la moquerie dans leurs regards, mais il ne leur en tint pas grief. Tout à sa joie d'être encore en vie, il avançait, sans se soucier de la douleur qui irradiait dans ses jambes et ses côtes.

« Tu es épuisé, vieil homme, se dit-il en entrant dans un bar où il commanda un alcool fort, qu'il vida d'un trait. Si tes ennemis ne t'abattent pas… tu finiras bien par te tuer tout seul ! »

Il paya et repartit sans tarder. Les idées avaient de nouveau du mal à s'organiser dans son esprit. L'adrénaline ne ferait bientôt plus effet, laissant place à la fatigue et à la torture de ses muscles perclus de courbature et zébrés des bleus imprimés par les barreaux de l'échelle.

Que faire ? Rejoindre au plus vite une nouvelle planque de Sergeï ?

« Et s'il avait parlé avant de mourir ? » fit une voix dans sa tête.

– Sergeï n'est pas une balance, murmura Quinn sans avoir conscience de parler tout seul. Et puis… à qui m'aurait-il dénoncé ?

« Tu ne penses pas qu'on a diffusé en boucle quatre portraits de victimes pour rien ? ricana la voix. Tu l'as constaté, on a donné une fausse identité à Sergeï. Alors ? À ton avis ? Que faisaient là ces trois types qui sont morts avec lui dans l'explosion ? »

Quinn s'adossa à une paroi. Il était la proie de vertiges et sa hanche le tenaillait sans relâche.

Paupières mi-closes, il s'obligea à réfléchir.

Il ne pouvait courir le risque de se réfugier dans une des safe houses listées par Sergeï. Il consulta sa montre. 10 heures, il devrait encore tenir dix heures avant que ce fameux Justin Case se pose à l'aéroport de Moscou.

D'ici là...

Au prix d'un terrible effort, il parvint à s'écarter de la paroi qui le soutenait. La rue ! Là était le salut. Il devait rester dans la rue. Bouger. En permanence. Éviter les zones désertées, privilégier les aires touristiques, les marchés, les centres commerciaux. Et toujours être en mouvement.

Sur son épaule, la besace contenant ses papiers ballottait. L'idée lui traversa soudain l'esprit comme une flèche enflammée.

– Merde ! gémit-il. Tu as laissé un passeport à la réception. Ils ont ta photo, ils peuvent diffuser ton signalement et tu as tué un homme...

Il fut sur le point de se laisser tomber sur le sol. De tout abandonner. Il s'imagina, l'espace d'un instant, sombrant dans un sommeil de brute, dont il ne se réveillerait qu'au moment où on lui passerait des menottes au poignet... ou qu'on lui logerait une balle dans le cœur.

L'Irlandais se ressaisit.

« Tu t'en es sorti jusqu'ici, se morigéna-t-il. Tu peux encore tenir quelques heures. Allons, soldat ! Bouge ! »

Il caressa la crosse du pistolet. Il espérait ne pas avoir à s'en servir... mais, si tel devait pourtant être le cas, il disposait d'assez de munitions pour offrir à ses ennemis un petit Alamo[1].

« En mettant tout en œuvre pour qu'au moins un Texan s'en sorte, cette fois ! » se dit-il avec un ricanement aigre.

Oubliant la fatigue et la douleur, l'Irlandais se remit en marche.

Le contact froid du Glock ne suffisait pas à le rassurer, mais Quinn se savait déterminé à vendre chèrement sa peau.

---

1. Le siège de Fort Alamo fut en 1836 un épisode marquant de la révolution texane – guerre qui opposa les Texans aux Mexicains. Quelque 250 Texans tinrent tête pendant treize jours à plus de 1 500 soldats ennemis. Tous les Texans périrent dans la bataille, mais leur sacrifice galvanisa les troupes américaines, qui remportèrent la guerre le mois suivant.

Chapitre 23

Justin avait pris place dans l'un des gigantesques fauteuils du jet privé – un de ces mastodontes en cuir, que l'on pouvait incliner à loisir et transformer en lit ou en fauteuil de direction d'une simple pression sur le levier de commande. Pour l'heure, le jeune homme avait choisi une posture de travail. Devant lui, un bureau escamotable, l'écran large d'un *laptop* et son smartphone. Ainsi que les divers dossiers envoyés par Sonny Boy, que Justin avait pris soin d'imprimer sitôt arrivé dans l'avion. Ce jet était un véritable laboratoire ambulant. Justin et Helena l'empruntaient régulièrement – la jeune femme en prenait les commandes et amenait son employeur à bon port, quelle que soit la destination du globe que le jeune milliardaire souhaitait atteindre. Outre tout le confort et l'espace dont on pouvait rêver à bord, ils y disposaient d'un matériel informatique high-tech, de liaisons satellites dignes d'Air Force One[1]... et d'un authentique arsenal, sélectionné par Helena. Justin avait beau protester à chaque fois, elle ne cédait pas un pouce à ce sujet.

– Tant que ça reste dans l'avion, affirmait-elle, tu ne risques rien avec les autorités locales, quelle que soit la législation en vigueur.

Et elle ajoutait immanquablement :

– Et si ça reste à l'intérieur du jet, c'est que tu ne risques rien.

Justin Case savait manquer d'arguments : Helena était une très grande professionnelle, un combattant d'élite qui, à maintes reprises, l'avait sorti de situations plus que délicates – quand elle ne lui avait pas sauvé la vie !

– Tu as l'air songeur ! fit soudain la voix d'Helena.

Le jeune homme battit des cils et interrompit l'étude du dossier. Il releva le nez et vit qu'elle sortait du poste de pilotage. L'avion avait donc pris de l'altitude et le décollage avait eu lieu, sans que Justin en ait conscience.

– La Case Airline est heureuse de vous accueillir, s'amusa Helena en montrant deux coupes et

1. C'est le surnom de l'avion réservé au président des États-Unis.

une bouteille de champagne. Nous atteindrons Moscou dans un peu moins de dix heures. Aucune turbulence n'est annoncée sur le parcours. Nous allons tout faire pour que ce vol vous soit des plus agréables. N'hésitez pas à solliciter les membres d'équipage, si vous avez la moindre demande.

Il lui sourit, mais déclina l'offre d'alcool.

– Jus d'orange pour moi, merci, mademoiselle.

Elle esquissa un mouvement d'épaules pour signifier sa désapprobation, fit sauter le bouchon de champagne et se servit une coupe, qu'elle posa à côté du *laptop*. Puis elle prépara un jus d'orange qu'elle tendit à Justin. Ils trinquèrent ensemble.

– Le personnel n'est plus ce qu'il était. Où est l'hôtesse que j'aime tant ?

– En repos. Elle a droit à ses vacances, elle ! répliqua aussitôt Helena. Il faudra vous contenter des remplaçants, monsieur Case. On est parfois obligé de se satisfaire de ce que l'on a.

– Nul doute que les concernés feront de leur mieux, répondit Justin en lui adressant un clin d'œil pour désamorcer le duel sur le point d'éclater.

La jeune Asiatique choisit de ne pas relancer, prit place dans le fauteuil voisin de celui de Justin et étudia avec lui les dossiers.

– Tout le monde est à son poste ? demanda le

jeune homme sans lever les yeux de ses notes.

– Oui, Boss. Tout est sous contrôle. OPL et OMN[1] sont en cabine. Ils me préviendront quand nous entamerons la descente. D'ici là, on peut travailler un peu.

– Parfait.

– Et on peut également dormir ! insista-t-elle. Si on ne veut pas être totalement laminé par les effets du *jetlag*, redoutables dans ce sens de traversée. Je rappelle pour mémoire que nous allons devoir traverser Moscou en tous sens, pour y retrouver un fugitif dont nous ne savons pas grand-chose. Autant se préparer à un marathon dans les bois, en chaussures de ville.

– Bien résumé, fit Justin en souriant de plus belle. Mais je viens de recevoir un nouveau message de Sonny Boy. Il y a du neuf, apparemment.

Il finissait à peine sa phrase que l'écran de son smartphone s'éclairait, signalant un appel de Matthew Slides. Justin décrocha aussitôt.

– Bien décollé ? demanda le dandy.

– Impeccable, comme d'habitude. L'équipage est restreint, mais ça devrait bien se passer.

---

1. Officier pilote de ligne (ou copilote) et officier mécanicien navigant constituent, avec le commandant de bord, l'équipage de tous les avions de ligne.

Il surprit l'œil noir d'Helena et agita la main dans sa direction.

– Je vais mettre le téléphone sur haut-parleur, Matthew. Je suis avec Helena. Nous t'écoutons.

Justin déposa le smartphone devant lui.

– Vous avez la liaison avec Sonny Boy ? demanda Slides.

– Oui, confirma Justin après un bref coup d'œil à l'écran du *laptop*, sur lequel le hacker faisait le clown pour tester la qualité de sa liaison satellite.

– OK, fit Sonic. Si ça ne vous embête pas, je vais faire un point rapide. Allistair Quinn a appelé après votre départ.

– Vous avez son adresse ? demanda aussitôt Helena.

– Du calme, fit le hacker. C'est plus compliqué que ça.

Il entreprit de leur résumer point par point la discussion que l'Irlandais avait eue avec Matthew Slides, qui confirmait à mesure, ajoutant parfois quelques détails à ce sujet. Concentrés, Helena et Justin prenaient des notes ou mémorisaient leurs propos.

– Le problème, conclut Sonny Boy, c'est que la conversation a été interrompue assez brutalement.

– Vous avez essayé de contacter Quinn, depuis ?

demanda Justin.

– J'ai préféré ne pas courir le risque, expliqua le hacker. Pour tout te dire, il a d'autres chats à fouetter en ce moment. Ils sont apparemment un paquet à le chercher et ce pauvre Quinn est toujours en déplacement.

– Tu as un moyen de le localiser ?

Sonny Boy fit entendre un rire satisfait.

– On dirait que tu ne me connais pas ! s'esclaffa-t-il. J'ai mieux qu'un « moyen de le localiser » : je le suis à la trace.

– Je croyais que son cellulaire était crypté et qu'on ne pouvait pas le repérer. Tu fais comment ?

– Non seulement j'ai craqué le cryptage de son cellulaire, mais j'ai piraté le réseau des caméras de surveillance placées au centre de Moscou. Tant qu'Allistair Quinn reste dans le périmètre – et je te rassure, il y a de quoi faire ! – je le visualise en direct. En variant les prises de vue, j'ai l'impression de suivre un épisode de Jack Bauer.

Il ponctua sa dernière phrase d'un nouveau rire.

Justin consulta sa montre.

– Il a encore presque dix heures à tenir avant notre arrivée – je tiens compte du reste du vol, des formalités à l'aéroport et du trajet jusqu'au centre-ville de Moscou. Tu penses qu'il a un endroit où aller ?

– Je crois qu'au contraire il va rester à l'extérieur, intervint Matthew Slides. Je connais les méthodes de Quinn. Il a compris que les *safe houses* mises à disposition par son défunt complice russe sont compromises et ne courra pas le risque de s'y retrouver piégé comme un rat. Il va puiser dans ses réserves et bouger en permanence, jusqu'à ce que vous puissiez établir le contact.

– C'est noté, fit Helena. On espère qu'il va rester sage et ne pas tenter le diable.

– Je prie pour que ce soit le cas, jeune femme, ajouta Slides. Justin ?

– Oui ?

– Je m'en veux, tu sais. J'aurais dû y aller moi-même, au lieu de t'envoyer. Les gens avec qui Allistair est entré en relation sont dangereux.

– Nous pouvons l'être aussi, à l'occasion, Matthew, grinça la jeune Asiatique.

– Je ne mets aucunement vos compétences en doute, chère Helena, mais je me disais que peut-être j'aurais pu...

– Te porter au secours de ton ami, tout seul ? l'interrompit Justin. Pour qu'on se retrouve avec deux ressortissants à exfiltrer ? Les adversaires de Quinn ont invalidé un visa, ils pouvaient en neutraliser deux.

– Parce que tu penses être au-dessus des lois ? répliqua Slides. Ils peuvent très bien procéder de même avec toi.

– Non.

– Comment ça, « non » ? Tu plaisantes ?

– Vous oubliez un détail, monsieur Slides, s'amusa Justin. Je ne suis pas un ex-militaire venu en renfort d'un frère d'armes : je suis juste un milliardaire qui fait du tourisme en compagnie d'une créature de rêve.

Il décocha un clin d'œil complice à Helena, qui feignit de ne pas le voir.

– Et je n'ai strictement rien à voir avec Quinn, ajouta Justin en levant son verre de jus d'orange. Buvons à la santé de l'Irlandais, que nous ramènerons bientôt aux USA.

Il trinqua de nouveau avec Helena.

Matthew Slides ne partageait pas leur bel optimisme.

– Souhaitons que personne n'ait établi le moindre lien…, murmura-t-il.

Chapitre 24

Dmitri Azarov était en poste dans la gigantesque aérogare, où des milliers de passagers se croisaient, valise à la main. Une véritable fourmilière humaine, en perpétuelle activité, au milieu de laquelle il était aisé de passer inaperçu.

Quelques heures auparavant, les services de l'aéroport l'avaient prévenu de l'arrivée du jet privé de Justin Case. Il avait eu amplement le temps de mettre en place un discret dispositif de surveillance, disséminant des hommes à tous les points stratégiques. Les consignes étaient simples : on repérait le jeune milliardaire et on ne le lâchait plus. On restait vigilant et on identifiait tous les contacts qu'ils pourraient croiser en chemin. Les agents avaient tous reçu les photos de ce fameux Justin Case… ainsi que quelques portraits choisis de membres du gang de Vassili Golovine. Trois lieutenants du mafieux avaient péri dans l'explosion du repaire de Sergeï Blokhine, le lien était établi. À l'évidence, Justin Case tenterait de les contacter et ensemble ils finaliseraient la transaction avec Allistair Quinn.

Dmitri Azarov se réjouissait à l'avance de ce succès : il espérait mener cette opération sans heurts. Il mettrait les deux étrangers sous les verrous, en profiterait pour faire éclater au grand jour la responsabilité de Vassili Golovine. Il serait reconnu comme un héros russe et prendrait du galon !

Il vérifia d'une pression des doigts que son oreillette était fonctionnelle.

– Azarov, dit-il à voix basse. En position. À vous.

– Loup 1, en position, répondit une première voix.

– Loup 2, en position, l'imita une autre.

La litanie se poursuivit jusqu'à la conclusion du lieutenant :

– Parfait. Ouvrez l'œil. Les hommes de Golovine doivent avoir pris position dans l'aérogare. Si vous les repérez, n'intervenez pas. On ne prend pas le risque d'un échange de tirs au milieu de la foule. Nous attendrons qu'ils aient rejoint un véhicule pour les intercepter.

– Bien reçu, fit Loup 1.

Aussitôt suivi par tous les autres membres des forces spéciales.

Dmitri Azarov se déplaça dans l'aérogare en

feignant de s'intéresser aux journaux dans les kiosques, ou de regarder les babioles pour touristes qui étaient présentées sur les étals des boutiques. Il restait à distance du portillon automatique qui libérerait d'ici peu le passage au jeune milliardaire américain. En balayant du regard les revues exposées sur un rayon consacré à l'économie internationale, il découvrit le portait de Justin en une d'un hebdomadaire.

Dmitri Azarov esquissa un rictus de prédateur.

– Bienvenue à Moscou, monsieur Case !

Chapitre 25

– Bienvenue à Moscou, monsieur Case !

Justin Case ouvrit les yeux. Helena se tenait penchée au-dessus de lui. Elle lui présentait un bol de café fumant. Il reconnut aussitôt le parfum caractéristique du Jamaïca Blue Mountain, son café préféré – l'un des plus rares et des meilleurs du monde.

– Merci, fit-il en s'étirant. Je retire tout ce que j'ai dit : le service à bord est irréprochable !

Helena lui sourit. Elle avait pris place à ses côtés et dégustait elle aussi une tasse du breuvage. Elle avait pris les commandes du jet, avait posé l'appareil sur la piste et laissé le soin à son copilote d'effectuer les ultimes manœuvres de parking.

– Prêt pour un séjour éclair à Moscou ? demanda-t-elle après avoir avalé une gorgée légèrement teintée d'amertume.

Justin prit le temps de boire son café avant de répondre. Il s'était accordé quelques heures de sommeil, en suivant les conseils d'Helena, et fut étonné de ne pas être aussi fatigué qu'il pouvait le craindre. Ses idées étaient claires. Il se sentait capable de fournir les efforts physiques nécessaires.

– Je crois pouvoir m'en sortir, diagnostiqua-t-il en reposant son bol vide.

Sur l'écran de l'ordinateur, Sonny Boy était lui aussi réveillé. Le hacker avait les yeux bouffis. À n'en pas douter, il avait passé une nuit blanche à surveiller Allistair Quinn.

Helena servit une nouvelle tournée de café. Elle leva sa tasse vers l'écran, en guise de salutation matinale.

– À votre santé, fit Sonny Boy en dévissant une bouteille de soda.

– Du neuf, de ton côté ? demanda Justin.

– Quinn a beaucoup bougé, mais il paraît épuisé. Il a tourné dans le centre et a pris la direction du parc Zariadié[1]. Il se trouve en ce moment au niveau de la cathédrale Basile-le-Bienheureux.

– Au moins, s'amusa Helena, nous aurons l'occasion de faire un peu de tourisme. Je craignais

1. Ce jardin public de treize hectares est situé sur la rive gauche de la Moskova. Il est mitoyen de la place Rouge et fut créé en 2017. Il est très fréquenté, et pour cause : on y trouve une salle de concert, un amphithéâtre surmonté d'un sublime dôme de verre et des églises orthodoxes restaurées.

d'être confinée dans une lointaine banlieue, mais monsieur Quinn préfère nous entraîner sur les lieux mythiques de Moscou. La Cathédrale, c'est bien celle qui ressemble à une pièce montée, recouverte de chantilly et de glaçages sucrés multicolores ?

– *Yep*, confirma Sonny Boy.

D'une pression sur une touche de son clavier, il fit apparaître à l'écran de nombreuses vues de la bâtisse.

– On ne va pas s'ennuyer, fit Helena. Dommage que je n'aie pas embarqué mon appareil photo. Le smartphone fera l'affaire !

Justin ne partageait pas la désinvolture de la jeune femme.

– Il privilégie les endroits les plus fréquentés. En espérant qu'on ne cherchera pas à l'abattre devant des centaines de témoins…

Helena s'était rembrunie.

– Ne t'en fais pas, personne ne va l'exécuter. Ça n'est pas parce que je ne peux pas franchir les portiques de sécurité avec mes armes que je vais rester sans rien faire en cas de coup dur. On s'en tient au programme : on va aller le retrouver, tu te présentes, tu lui expliques la situation. Je vous surveille. Ensuite, on l'emmène, on le met dans cet avion et ce sera réglé.

– Si ça pouvait être aussi simple ! soupira Justin.

– En attendant, intervint Sonny Boy, je l'ai en visuel, je le suis, je ne le lâche plus. Conservez vos téléphones à portée de main. Vous aurez un compte-rendu permanent. Vous avez des batteries de rechange, au cas où ?

Helena tapota l'une des multiples poches de sa vareuse sombre.

– Tout est là, ne t'en fais pas.

– OK, fit Justin. Tu préviens Matthew ? Il faudra sans doute qu'il appelle Quinn.

– Je suis là, Justin ! fit Slides d'une voix éraillée. Vous pouvez compter sur moi, jeunes gens.

Le dandy se pencha devant la caméra de son ordinateur et agita la main pour saluer tout le monde. Il avait les traits tirés et serrait les doigts sur un mug de thé.

– Bien ! s'écria Justin. Puisque tout le monde est sur le pont... On y va ! On reste en contact permanent.

Il se leva, corrigea l'ordonnancement de sa veste et suivit Helena qui déverrouillait déjà la porte du jet.

Chapitre 26

Justin Case franchit la porte de sortie automatique. Helena venait juste derrière lui. La jeune femme avait chaussé des lunettes noires qui mettaient en évidence la finesse de ses traits et ses origines asiatiques. À l'abri de ces verres fumés, elle scrutait les alentours dans les moindres détails. Elle excellait dans cet exercice : Helena savait, d'instinct, reconnaître une attitude affectée ou un comportement suspect. Que l'on s'avise de jouer un rôle devant elle... et l'on était aussitôt démasqué.

– On saute dans un taxi et on file vers la place Rouge ? demanda Justin par-dessus son épaule.

– Oui, Boss. Prends sur ta droite, maintenant.

Habitué aux manœuvres de son garde du corps, Justin s'exécuta docilement. Helena avait forcément une excellente raison de prendre ainsi la direction des opérations.

– De nouveau à droite, glissa-t-elle dans son dos. À gauche maintenant et tu piques derrière le kiosque.

– On avait un comité d'accueil ? demanda-t-il à voix basse.

– Deux types en civil, commenta Helena. La station de taxis est tout droit, on accélère.

Elle lui attrapa le bras et l'entraîna avec elle. Ils pressèrent soudain le pas et atteignirent la file d'attente en un temps record. Les chauffeurs disponibles étaient fort heureusement nombreux. Il n'y avait devant les deux jeunes gens qu'un couple de touristes et ce qui avait tout l'air d'un homme d'affaires accroché à son téléphone. Il conversait en russe d'une voix de stentor, sans se soucier de gêner ses voisins.

– Le problème des mafieux, ricana Helena, c'est qu'ils ont tous la même marque de vêtements. Avec leurs carrures et leurs tatouages, on dirait des singes endimanchés.

Ils prirent place dans le premier taxi disponible, une grande berline confortable. Helena indiqua en anglais qu'ils souhaitaient se rendre à la place Rouge et le chauffeur démarra aussitôt en souplesse.

Tandis que la voiture quittait le parking, Justin voulut se retourner pour apercevoir ceux qui les avaient pris en filature, mais Helena l'en empêcha.

– Surtout pas ! fit-elle. Laissons-les croire qu'on ne les a pas vus. Ça nous laisse un coup d'avance.

Elle inclina légèrement la tête pour accrocher le reflet de l'un des rétroviseurs du véhicule et obtint confirmation.

– Rectification : ils sont trois. Un complice les attendait dans une BMW noire. Ils nous prennent en chasse.

– Comment tu vois les choses ? demanda Justin.

Elle exhala un soupir résigné.

– Je me sens toute nue, sans mes armes, mais on devrait s'en tirer.

Dans un geste félin, elle étendit les bras et joignit ses mains. Elle fit craquer ses doigts croisés et esquissa un sourire gourmand.

– Tant pis : on travaillera à l'ancienne. On ne va pas se laisser impressionner par trois lourdauds, quand même !

Justin lui retourna son sourire. Helena ne craignait rien ni personne. C'était une guerrière dans l'âme, dont il avait pu apprécier les talents à maintes reprises. Il espérait juste pouvoir éviter des combats en plein centre de Moscou.

À son tour, il tenta d'étudier la situation dans le rétroviseur de l'habitacle. À quelques encablures, la grosse BMW s'était engagée sur l'axe routier. Elle demeurait sagement à distance.

– *Showtime!* s'amusa Helena.

Le jeune homme se contenta d'un hochement de tête.

Cette fois, on y était pour de bon.

Chapitre 27

Dmitri Azarov courait vers un véhicule banalisé. Le moteur tournait et, sitôt l'officier assis sur le fauteuil passager, le chauffeur démarra en trombe.

– La BMW noire, lui indiqua Azarov en pointant son objectif du doigt. On ne la lâche sous aucun prétexte.

– À vos ordres.

Le lieutenant pressa son oreillette.

– On décroche ! aboya-t-il. Tous aux voitures. Direction le centre de Moscou. Les ordres suivront.

Il n'attendit pas l'accusé de réception de ses hommes et reporta son attention sur la berline, où trois hommes avaient pris place. Il lui avait semblé reconnaître l'un des lieutenants de Vassili Golovine, les mafieux étaient donc bien sur le coup. Toutefois...

Il y avait là un problème pour Dmitri Azarov. La situation était illogique. Pourquoi les hommes de Golovine avaient-ils pris en chasse Justin Case ? Pourquoi ne pas avoir pris contact avec lui, dès qu'il était sorti de l'aéroport ?

Se pouvait-il que...

Il feuilleta mentalement le catalogue des possibles et la conclusion s'imposa : Justin Case n'était pas au courant ! C'était l'explication la plus plausible. Et cela correspondait parfaitement au profil psychologique de Vassili Golovine. Le mafieux était réputé pour sa paranoïa, il devait se méfier de l'Irlandais et de son contact américain. Peut-être même les considérait-il comme des ennemis, ou des traîtres ? Dans tous les cas, Justin Case fonçait tête baissée dans un piège à loups dont les mâchoires d'acier se refermeraient bientôt sur leur proie.

Dmitri Azarov ne put réprimer un sourire.

C'était une excellente nouvelle !

Si les charognards s'entredévoraient, il lui suffirait de laisser faire et de ramasser les trophées, à l'issue de la curée. Il hésita à appeler le commandant Kouriakine pour le tenir informé mais, après réflexion, jugea plus prudent de le faire – Ievgueni Kouriakine n'aimait pas les surprises.

Sans quitter des yeux le bolide sombre qui les précédait, Azarov saisit son portable et composa le numéro de la ligne directe. Quand Kouriakine décrocha, il lui rapporta brièvement la situation.

Contre toute attente, son supérieur hiérarchique l'écouta sans jamais l'interrompre.

Chapitre 28

Le taxi déposa Justin et Helena aux abords de la place Rouge. L'endroit était sublime, sous ce soleil éclatant. Justin chaussa lui aussi des lunettes noires et balaya le décor du regard. Il n'était pas venu ici depuis longtemps. Il laissa traîner ses yeux sur le musée historique et sa façade rouge sang, pivota vers le mausolée de Lénine, acheva sa rotation sur le GUM, ces incroyables galeries marchandes à la façade de château fort...

– Pas le temps de rêvasser, Boss ! grogna Helena en lui attrapant l'avant-bras.

Elle le dirigea avec autorité vers la cathédrale Saint-Basile, qui semblait jaillir tout droit d'un film de Walt Disney tant ses multiples couleurs chatoyaient dans la lumière éblouissante du jour.

Justin se laissa guider. Il prit le téléphone et appela Matthew.

– Du neuf ? demanda-t-il.

– Oui. Quinn vient de m'appeler. Il est au parc, il vous attend. Mais...

– Mais ?

– Il est épuisé. Il ne faut pas traîner, Justin. Je le sens au bout du rouleau.

– On fait au plus vite. Je ne raccroche pas. Sonic, si tu as des éléments...

– Pas de problème, répondit le hacker. Tu vas activer ton GPS, je vais te guider sur écran.

Sonny Boy s'interrompit soudain et poussa un hoquet de surprise.

– Quoi ? s'inquiéta Justin.

– Non, rien, ricana Sonny Boy. Lève un peu le nez. Tourne légèrement vers la droite... Là. Voilà ! Tu fais coucou ?

– À quoi tu joues, Sonic ?

– C'est juste que je vous vois, toi et Helena, depuis l'une des caméras de sécurité de la place. Elles sont super performantes. Idéales pour les reconnaissances faciales. C'est grâce à elles que j'ai pu repérer notre ami Quinn.

– On jouera à ça plus tard, coupa Justin. Guide-nous vers Quinn, tu veux bien ?

– Waow, se renfrogna le hacker, si on peut même plus rigoler...

– On pourra rigoler tant que tu voudras, déclara Helena en s'emparant du *smartphone* de Justin, mais on termine cette mission d'abord.

– *Aye, aye, sir!* répondit Sonic en parodiant les réponses des militaires de l'US Navy.

Il ne refusait jamais rien à Helena et lui pardonnait tous ses excès d'autoritarisme – il savait l'extrême tension de la jeune femme quand elle était sur le terrain.

– Suivez les indications sur votre GPS. Le signal rouge, c'est vous. Le bleu, c'est Quinn.

Justin vérifia que le dispositif mis en place par le hacker était opérationnel. Il put constater que c'était le cas. Comment Sonic avait-il réalisé un tel prodige ? Personne, à part lui, ne pouvait le dire. L'important était que cela fonctionne.

– L'Irlandais n'a pas l'air de bouger beaucoup, commenta Justin.

– Je t'ai dit qu'il était à bout de forces, intervint Matthew Slides. Il a dû se réfugier à l'ombre d'un bouquet d'arbres.

– OK, répondit Justin. Nous y serons dans deux minutes.

Avec Helena, ils accélèrent encore l'allure.

Ils atteignaient les portes du parc, quand la jeune femme ralentit le pas.

– Qu'est-ce qui se passe ? demanda Justin dans un souffle.

– Ils nous suivent, commenta la jeune Asiatique.

Ne te retourne pas. Ils sont trois. Sonny ?

– Oui, miss ?

– Tu peux *splitter* ton image et l'envoyer sur le GPS de mon portable ?

– Considère que c'est fait, déclara-t-il en pianotant sur son clavier.

– Parfait, fit-elle en se tournant vers Justin. Tu vois ce bâtiment, là-bas ?

Elle désignait l'un des édifices religieux qui se dressaient dans l'enceinte du parc.

– Oui.

– Je veux que tu y ailles tout droit et que tu y fasses un peu de tourisme. Disons, une dizaine de minutes. Tu observes, tu t'extasies, tu prends des photos. Et ensuite, tu ressors et tu suis le GPS pour me retrouver. Je m'occupe de Quinn.

– Mais, s'offusqua Justin, tu ne vas pas y aller seule !

Helena lui offrit un sourire lumineux.

– Bien sûr que si ! Et tu vas m'être d'une aide précieuse : en nous séparant, nous les obligeons à nous imiter. Tu veux bien faire ce que je te demande, dis ?

Son ton ne tolérait pas d'objection.

Justin hocha le menton.

– OK. Tu as dix minutes et j'arrive.

– Merci, Boss, à tout de suite !

Elle fit claquer une bise sur la joue du garçon et s'éloigna aussitôt.

Justin s'interdit de la regarder s'éloigner, de crainte de donner une indication à ses poursuivants.

Il piqua droit vers l'église orthodoxe.

Chapitre 29

Allistair Quinn était livide. Des cernes violacés ourlaient ses paupières, ses joues étaient creusées de rides profondes. En avisant son air hagard, on aurait pu avoir l'impression de croiser un acteur échappé d'une série consacrée aux zombies… avant de comprendre que l'homme dérivait dans un état de semi-conscience.

L'Irlandais ferma les yeux et se massa le visage en gémissant. Les idées s'entremêlaient dans son esprit embrumé et il éprouvait les plus grandes difficultés à poser son regard – autour de lui, les silhouettes étaient nimbées de halos colorés, elles dansaient comme des fantômes aux contours flous.

Quelques minutes auparavant, il avait appelé Matthew Slides, ne lui avait pas caché son épuisement et avait donné sa position. Il avait retrouvé un semblant d'espoir quand Slides lui avait annoncé qu'un hacker de ses amis avait trouvé le moyen de contacter directement le portable crypté de l'Irlandais… et que Justin Case serait bientôt là pour lui porter secours.

– Ça n'est plus qu'une question de minutes, avait assuré le dandy. Accroche-toi, Quinn, la cavalerie arrive !

L'Irlandais avait balbutié des remerciements avant de raccrocher. Il avait pris une profonde inspiration et décidé de piquer vers un bosquet ombragé du parc Zariadié. Là, il s'était laissé tomber sur un banc. Il se tenait adossé, bras croisés, luttant contre la fatigue qui faisait rouler sa tête sur sa poitrine et menaçait de jeter Quinn au sol, pour le faire sombrer dans un profond sommeil. Le fugitif redoutait de céder – si par malheur il perdait connaissance, il serait à la merci de ses ennemis.

Il signerait son arrêt de mort.

« Mais tu n'es de toute façon plus en état de leur échapper ! se dit-il dans un accès de lucidité. Si un gars apparaît maintenant, tu ne seras même pas capable de te mettre à l'abri. Il t'éliminera et tu ne pourras rien y faire. »

Il effaça du revers de sa manche une larme de fatigue qui roulait à sa paupière. Depuis combien de temps n'avait-il pas trouvé le repos ? Deux ? Trois jours ? Davantage, peut-être ? Il n'aurait su le dire. Depuis que les rapports s'étaient envenimés avec les Russes, tout partait à la dérive et Allistair Quinn savait n'avoir plus son destin en main. Vassili Golovine était parti en guerre et, quoi qu'il fasse, la survie de l'Irlandais dépendait dorénavant d'éléments extérieurs, qu'il ne pouvait contrôler.

Ne lui restait plus qu'à attendre... et à prier pour que les événements, qui n'allaient plus tarder à s'enchaîner, lui offrent une issue favorable.

– Si tu t'en sors, se jura-t-il, tu raccroches les gants. Tu es définitivement trop vieux pour ça. Dommage que tu t'en aperçoives dans ces conditions !

Quinn s'obligea à respirer profondément. Son cœur s'emballait parfois, il fallait le ramener à un rythme plus clément. Inspirer, bloquer sa respiration. Tenir. Expirer...

L'exercice porta ses fruits. Quinn recouvra son calme.

L'air était déjà brûlant, la température montait vite dans le parc. Bientôt, on suffoquerait... mais l'Irlandais, a contrario des touristes qui fuyaient la morsure du soleil, offrait son visage à la lumière. Il avait passé la nuit à déambuler dans les rues et l'humidité l'avait usé de façon insidieuse. Au moins la chaleur lui redonnait-elle quelques maigres forces.

Allistair Quinn ne se berçait pas d'illusions. Il

se savait en bout de course : des papillons noirs voletaient devant ses yeux, des brasiers sombres s'allumaient soudain, obscurcissant sa vision avant d'exploser en feux d'artifice aveuglants. Au moindre effort, l'Irlandais avait le souffle court. Depuis les premières heures du jour, ses jambes ne le portaient plus qu'au prix d'un formidable effort de volonté.

Dans cet état de détresse physique absolue, il était parfois victime d'hallucinations : des inconnus venaient vers lui, ils le dévisageaient avec insistance, lui parlaient dans des langues incompréhensibles. Quinn ne percevait de leur sabir qu'un bourdonnement désagréable. Il se détournait et voulait passer son chemin, mais les faciès des inconnus se muaient soudain en masques de clowns grotesques, avant d'exploser comme des ballons gonflés à l'hélium. Quinn se retrouvait titubant, les bras battant le vide, la figure et les épaules couvertes des lambeaux gluants de ces baudruches, dont il n'aurait su dire s'ils étaient constitués de matière plastique… ou de chair sanguinolente.

« Tu délires, se sermonna-t-il. Reprends-toi, Quinn, voilà que ça recommence. »

Une jeune Asiatique jaillie de nulle part piquait droit sur lui. Quinn fronça les sourcils et dévisagea la fille. Ses traits étaient très fins, ils ne se déformaient pas…

« Ce n'est pas un cauchemar ! hurla une voix hystérique dans sa tête. C'est la réalité ! Réagis ! »

L'Irlandais plongea la main vers sa ceinture et referma les doigts sur la crosse de son Glock.

Chapitre 30

Dmitri Azarov suivait le trio de mafieux. D'autres militaires, alertés par ses soins tandis qu'il menait sa filature depuis l'aéroport, avaient pris position en civil aux quatre coins de la place Rouge. Le dispositif fonctionnait à merveille : la souricière était en place, les fugitifs ne leur échapperaient pas.

Le lieutenant vérifia d'une pression sur son oreillette que chacun de ses hommes pouvait recevoir ses ordres. Il lança un bref appel et obtint confirmation. Azarov prit la mesure de la situation d'un regard circulaire : devant lui, les trois tueurs suivaient Justin Case et sa ravissante secrétaire – ou peut-être était-ce sa petite amie du moment ? Le lieutenant n'aurait su le dire. La fille était jeune et très belle, tous les cas de figure pouvaient donc être envisagés. Ce Case n'aurait pas été le premier riche héritier à collectionner les conquêtes !

Justement, un geste sembla valider l'hypothèse : la jeune femme venait de se dresser sur la pointe des pieds pour offrir un baiser au garçon. Puis elle s'éloigna d'un pas léger, tandis qu'il piquait dans une autre direction.

Le lieutenant Azarov grommela une série de grossièretés choisies : « Ils se séparaient ! » La fille partait vers l'est du parc, tandis que Justin Case filait tout droit vers l'une des églises orthodoxes où se pressaient les visiteurs.

À quelques dizaines de mètres, les trois tueurs étaient eux aussi en proie à l'hésitation. Après un rapide conciliabule, ils se scindèrent pour ne pas perdre la trace de leurs proies : l'un des mafieux se lança à la poursuite de la jeune Asiatique, tandis que les deux autres emboîtaient le pas à Justin Case.

Un instant, Dmitri Azarov demeura interdit.

« La fille est là visiblement pour faire du shopping, se dit-il. Elle est trop jolie, ça n'est pas une combattante. En revanche, Justin Case, sous ses allures de play-boy infatué, est un athlète. C'est lui qui va entrer en contact avec Quinn ! »

Sa décision prise, il accéléra l'allure pour rattraper les deux mafieux qui atteignaient à leur tour l'entrée de l'édifice religieux.

Azarov pressa à nouveau son oreillette et lança des ordres discrets.

– Suivez-moi et cernez la bâtisse. Envoyez un

homme pour surveiller la fille et tenez-vous prêts à intervenir. Justin Case a probablement rendez-vous avec Allistair Quinn à l'intérieur !

Ses hommes se redéployèrent aussitôt.

Dmitri Azarov pénétra dans l'église, où flottait une lourde odeur d'encens. Il resta près de la porte et inspecta le décor.

Les deux mafieux s'étaient postés de part et d'autre du narthex. Ils attendaient sans doute que Justin Case établisse le contact avec l'Irlandais.

Dmitri Azarov plissa les paupières. La coupole, décorée de manière fastueuse comme la plupart des monuments orthodoxes, était plongée dans la pénombre. D'innombrables bougies diffusaient ici et là leurs lumières flottantes, éclaboussant les murs de halos dorés.

Le lieutenant détailla les touristes, à la recherche de la haute stature d'Allistair Quinn, mais personne ne correspondait à son signalement. Intrigué, Azarov s'avança et observa les pèlerins agenouillés, ceux qui se recueillaient à l'écart… toujours pas de Quinn en vue.

Il se décida à marcher vers la nef, abandonnant à regret son poste d'observation – en agissant de la sorte, il courait le risque de laisser s'échapper Quinn, mais ses hommes interviendraient le cas échéant.

Azarov brûlait d'en avoir le cœur net : l'Irlandais était là, caché quelque part, il en était certain. Quinn allait surgir, prendre contact avec Justin Case d'un instant à l'autre !

Il s'arrêta brusquement et ouvrit la bouche sur un cri muet.

Justin Case se tenait debout devant l'abside. N'ayant pas accès à cette partie du monument réservée aux célébrants, il brandissait son smartphone...

Et il prenait des photos des dorures et des fresques innombrables qui s'offraient à lui.

Le Russe tressaillit.

« Ils nous ont piégés ! se dit-il en rebroussant chemin. Ce n'est pas lui qui doit entrer en contact avec l'Irlandais. C'est la fille ! »

Chapitre 31

Cette fille était décidément très étrange, songeait Allistair Quinn en dévisageant la jeune Asiatique qui se tenait devant lui. Belle comme le jour, aussi rapide et souple qu'un chat... Était-elle bien réelle, ou issue d'un caprice de son esprit embrumé ? Le visage de l'inconnue ne se transformait pas en masque de clown. C'était peut-être un indice à creuser ? L'Irlandais laissa échapper un gémissement. Sa tête lui faisait mal, son corps lui faisait mal, il avait envie de fermer les yeux et de dormir...

Au fond, tout au fond de son crâne, une voix affolée s'était élevée. Elle le suppliait de réagir, de se mettre à l'abri du danger. Quinn fronça les sourcils. Il se souvenait d'avoir pris peur, tandis qu'elle venait droit sur lui sans la moindre hésitation. Il avait saisi son Glock et il pensait avoir dégainé et ouvert le feu...

Mais peut-être avait-il rêvé ?

Comment savoir ?

Il s'ébroua. Une à une, les images lui revenaient en mémoire. D'abord confuses, elles retrouvèrent leur place et reconstituèrent le puzzle : la fille était arrivée à grands pas. Il avait dégainé et pointé son arme, mais l'inconnue avait été plus rapide que lui. Elle l'avait désarmé, s'était emparée du Glock et avait vérifié qu'une balle était engagée dans le magasin, avant de remettre la sécurité et de glisser le pistolet dans la ceinture de son pantalon. Puis elle avait tendu la main et l'avait invité à la suivre.

Allistair Quinn se redressa. Au moins n'avait-elle pas retourné le Glock contre lui, pour l'abattre sans autre forme de procès ! Il la dévisagea sans bouger de son banc.

– Qui êtes-vous ?

Elle eut un geste agacé et l'invita à se lever pour l'accompagner, mais Quinn était comme cloué au sol par de gigantesques pieux invisibles.

– Qui êtes-vous ? répéta-t-il.

– Je fais partie des gentils, soupira-t-elle en adoptant le ton que l'on emploie généralement avec des enfants attardés.

Devant son air ahuri, elle ajouta :

– Ce n'est pas ce qu'on dit, quand on est venu sauver quelqu'un ?

– Ce n'est pas vous que j'attendais, réagit enfin Allistair Quinn.

– Écoutez, mon vieux, on n'a pas toute la vie

devant nous : je suis suivie et des types ont visiblement l'intention de nous tuer. Alors il faut bouger, MAINTENANT. Vous comprenez ce que je dis ?

De guerre lasse, elle lui attrapa fermement le bras et l'obligea à se lever. Avec une telle poigne que le géant rouquin ne put résister.

– Réfléchissez deux secondes, ajouta-t-elle quand il fut debout. Si j'étais venue pour vous tuer, vous seriez mort en ce moment. C'est Matthew Slides qui m'envoie. Je suis l'assistante de Justin Case.

– La QUOI ? croassa-t-il sous l'effet de la stupeur.

– L'assistante. La secrétaire. Vous savez ? La fille mignonne, mais un peu nunuche, qui sourit derrière le héros tout en étant secrètement amoureuse de lui ? Eh bien, cette fille, c'est moi, mais j'ai des talents cachés. Vous me suivez, maintenant ?

Quand elle lui libéra enfin le bras, Quinn massa la chair endolorie.

– Je vous crois, balbutia-t-il.

– Alléluia. Bon, on va gagner du temps : il faut filer. Vous voulez bien me suivre sans plus discuter ? Vous êtes trop vieux pour que je vous tienne la main et trop lourd pour que je vous porte.

– Et vous, vous êtes insolente.

– Insolente, mais efficace. Soyez gentil, Quinn :

taisez-vous et contentez-vous de faire ce que je vous demande, quand je vous le demande. Si vous respectez mes consignes, nous parviendrons peut-être à vous faire sortir de Russie. Dans le cas contraire, je repars. Et vous mourrez ici.

– C'est d'accord, capitula l'Irlandais. Je vous suis.

Alors qu'il faisait un pas vers elle, la jeune Asiatique dégaina le Glock et le pointa dans sa direction. Affolé, Quinn tituba en arrière et leva les mains dans une tentative dérisoire d'échapper à la mort.

L'inconnue ouvrit le feu dans la seconde.

Chapitre 32

Dmitri Azarov était sur le point de s'étouffer de rage. Il regardait son téléphone et hésitait à le jeter sur le sol pour le piétiner.

Tout était allé très vite, dans un chaos indescriptible. Les choses semblaient pourtant sur le point de se dérouler selon ses plans... quand des détonations en provenance de l'extérieur avaient déchiré le silence. Des cris s'étaient élevés. D'abord stupéfaits, les visiteurs de l'église s'agitaient. On échangeait des regards affolés. Un attentat ? Des bruits de pétards ? Quelle attitude fallait-il adopter ?

Soudain, Azarov avait vu les deux mafieux sortir des armes automatiques pour les pointer vers Justin Case. Il avait réagi à l'instinct. Dégainant son pistolet de service, il avait ouvert le feu, foudroyant le premier tueur qui s'était effondré contre une colonne, en crispant le doigt sur la queue de détente. Dans un vacarme effrayant, la gueule du pistolet-mitrailleur avait craché une longue flamme et une rafale de balles étaient parties se perdre sous la voûte du bâtiment.

Il n'avait fallu que deux secondes, pour que l'enfer se déclenche dans l'église. Effrayés, pratiquants et touristes s'étaient rués vers la sortie dans un concert de hurlements stridents. On se bousculait, on piétinait ceux qui roulaient au sol, on se pressait vers l'air libre, le cerveau paralysé par la terreur, fuyant vers la lumière.

Justin Case, pour échapper au mouvement de foule, avait franchi la barrière de l'abside pour plonger à l'abri de l'autel. Le deuxième tueur ne le suivit pas : il avait repéré Azarov, qui eut tout juste le temps de se retrancher derrière une colonne. Une nouvelle rafale résonna dans l'église, assourdissante. Le lieutenant serra les dents en entendant la morsure des projectiles qui frappaient son rempart providentiel, soulevant des bourrasques d'esquilles de pierre. Autour de lui, deux innocents furent fauchés par la salve. Ils tombèrent sans un cri et demeurèrent prostrés sur le sol.

Azarov mit un genou à terre, puis il pivota en direction du tireur. À nouveau, il fit feu. Son pistolet aboya deux fois. Les balles de fort calibre percutèrent leur cible au milieu de la poitrine. Sous l'impact, le mafieux fut soulevé du sol. Il lâcha son arme et retomba sur le dos, bras en croix. Deux nénuphars pourpres s'ouvraient sur son torse.

La panique était à son comble. On jaillissait à l'air libre dans un ouragan de vociférations et de suppliques, on roulait sur l'herbe, cul par-dessus tête, on rampait pour se mettre au plus vite hors d'atteinte.

Le lieutenant Azarov, arme pointée devant lui, s'engagea vers le fond de la bâtisse. D'un geste, il activa son oreillette.

– J'ai besoin de renfort. Envoyez également des hommes en soutien pour capturer la fille. Je répète : capturez la fille, c'est elle qui doit prendre contact avec l'Irlandais.

Sitôt ses consignes lancées, il s'était frayé un chemin entre les derniers fuyards. Autour de lui, les badauds paniqués glapissaient de terreur en ouvrant des yeux ronds devant cet homme armé, au visage farouche, qui traversait l'église au pas de charge...

Dmitri Azarov fut bientôt rejoint par deux de ses subalternes. Ensemble, ils firent le tour des lieux mais durent se rendre à l'évidence : Justin Case n'était plus là. Le jeune milliardaire avait profité de la confusion et des ultimes échanges de tirs pour quitter l'église, invisible au milieu de la marée humaine.

Dans le lointain, de nouvelles détonations se firent entendre.

– La fille ! beugla Azarov. Il faut la retrouver !

Il écumait de colère en sortant à son tour sous le soleil… mais dut s'arrêter devant les injonctions des services de sécurité qui braquaient leurs armes dans sa direction. Les gardiens du parc arrivaient, prêts à abattre les responsables de ce qui s'apparentait à un acte terroriste.

Dmitri Azarov leva les mains en l'air.

– FSB ! s'époumona-t-il. Laissez-nous passer, nous sommes en mission !

Il s'en fallut d'un cheveu pour que les gardes fassent usage de leurs armes en avisant trois hommes brandissant des pistolets au sortir de l'édifice. Azarov obtint gain de cause, mais il perdit de précieuses secondes à présenter ses papiers et à expliquer la situation aux gardiens.

Des secouristes se pressaient déjà auprès des blessés allongés dans l'église, ou sur les pelouses bordant le bâtiment. Dans le parc, on courait encore en tous sens, à la recherche d'un abri.

Dès qu'il fut de nouveau libre de ses mouvements, Azarov fila droit vers l'endroit d'où lui étaient parvenues les premières détonations. Il trouva le corps inanimé d'un des mafieux. L'homme était en vie, malgré la balle qui lui avait perforé le poumon.

Azarov exigea un rapport. On lui apprit que l'un de ses coéquipiers avait, lui aussi, été blessé, mais que sa vie n'était pas menacée.

En réalisant qu'il avait perdu la trace de Justin Case et de l'Irlandais, Dmitri Azarov laissa libre cours à sa fureur. Il hurla un long moment comme un possédé, puis, recouvrant un semblant de calme, appela le commandant Kouriakine pour rendre compte du fiasco.

Il était arrivé trop tard, Quinn et son contact américain s'étaient volatilisés, mais on allait déclencher tous les dispositifs de recherche pour les retrouver dans les plus brefs délais. Le lieutenant ne put pas faire l'impasse sur le lourd bilan de l'église ni sur les corps relevés dans le parc.

Kouriakine écouta en silence puis, après quelques secondes de réflexion, il décréta :

– Il faut bloquer ce Justin Case, lui aussi. Il est hors de question qu'il quitte le sol russe.

– Sauf votre respect, fit remarquer Azarov, Justin Case est très connu. Cela pourrait créer un incident diplomatique qui...

– Trouvez un moyen, lieutenant Azarov ! coupa Kouriakine. C'est un ordre. Il y a eu assez d'erreurs accumulées jusqu'ici. Je ne serai pas la risée du Kremlin à cause de votre incompétence. Suis-je assez clair ?

– Parfaitement clair, mon commandant.

Kouriakine raccrocha, abandonnant Dmitri Azarov à sa colère et sa frustration. Le lieutenant retourna à son véhicule.

– Nous repartons à l'aéroport, ordonna-t-il. Ils finiront bien par se montrer et nous n'aurons qu'à les cueillir.

Il espérait de toutes ses forces que cela se produise, mais commençait à en douter fortement.

Ce diable de Justin Case semblait avoir plus d'un tour dans son sac.

Chapitre 33

Assis derrière son monumental bureau, Vassili Golovine tremblait de colère. Autour de lui, les hommes en costume priaient pour qu'il n'éprouve pas l'envie de passer sa rage en ravageant tout dans la pièce.

Tout… *et tout le monde.*

Quand il était dans cet état, Vassili Golovine n'avait aucune limite, ses élans de fureur destructrice étaient abominables. Pas un des lieutenants présents – il s'agissait pourtant de solides mafieux, habitués des coups durs et de la lutte armée – n'osait croiser son regard brûlant d'une lueur meurtrière.

Vassili Golovine venait d'apprendre la disparition de deux de ses hommes de main et la capture d'un troisième. On l'avait informé que le FSB était sur les rangs, ce qui signifiait que les forces de l'ordre pouvaient, en appréhendant l'Irlandais, remonter jusqu'à lui.

Si cela devait arriver, rien ni personne ne pourrait lui éviter la disgrâce, le procès et la prison – ses contacts haut placés se détourneraient de lui et oublieraient en un battement de cils les largesses dont Golovine avait pu faire preuve à leur égard.

Nul n'oserait se porter à son secours.

Vassili Golovine avait quasiment brisé le téléphone en raccrochant. Son visage était secoué de rafales de tics. Il dévisagea un à un les hommes présents dans la pièce.

– Je veux la tête de l'Irlandais sur ce bureau. Je veux la tête de l'Américain qui lui est venu en aide sur ce bureau. Et je veux les têtes de TOUS CEUX QUI SE SONT DRESSÉS SUR MA ROUTE sur ce bureau ! C'est compris ?

Les lieutenants balbutièrent des assentiments diffus.

Golovine renifla bruyamment, puis il ajouta :

– Si vous ne me rapportez pas ces foutues têtes... je prendrai les vôtres.

Chapitre 34

L'hôtesse avait longuement consulté son ordinateur, avant de relever le nez en affichant une mine consternée.

– Je suis désolée, déclara-t-elle dans un anglais impeccable, mais il y a apparemment un problème avec vos papiers, monsieur Case. Je ne suis pas autorisée à vous laisser passer en zone d'embarquement.

Justin ne se départit pas de son sourire de façade. Il s'attendait à une telle manœuvre de la part des services russes, qui avaient eu amplement le loisir d'agir. Il s'étonnait même de n'être pas déjà menotté et conduit au poste de police le plus proche. Il eut une pensée émue pour Sonny Boy : le hacker avait une fois de plus réalisé des prouesses en lui fournissant des indications de premier ordre... Tout comme il avait probablement modifié légèrement les consignes reçues par les services de sécurité de l'aéroport.

Décidé à jouer la comédie jusqu'au bout, Justin

leva un sourcil intrigué et choisit d'insister :

– Vous en êtes certaine, mademoiselle ? Peut-être s'agit-il d'un simple bug informatique ? Je suis arrivé à Moscou il y a quelques heures à peine et je suis attendu demain à New York...

La jeune femme semblait sincèrement chagrinée.

– Hélas, monsieur, je ne peux rien faire. Les consignes de l'aéroport sont informatisées et ça n'est pas moi qui les gère.

– Je comprends, fit Justin, conciliant. Quelle démarche puis-je entreprendre pour régulariser ma situation ?

– Le plus simple serait peut-être de voir avec votre ambassade ? hasarda-t-elle.

– Je vais m'en occuper sans tarder, promit le jeune homme en tournant les talons. Je vous remercie, mademoiselle.

– Encore une fois désolée, monsieur.

Justin prit la direction de la sortie. Le soir tombait sur Moscou. Le ciel s'embrasait, comme annonciateur de nouveaux incendies à venir...

Il saisit son smartphone et appela Helena.

– C'est bon ? Tu es passée ?

– Oui, confirma la jeune Asiatique. Sonny Boy avait vu juste : tu étais le seul visé, mais il fallait bien tenter le coup. Tu récupères le paquet ?

– Je m'en occupe illico et nous repartons vers Moscou.

– OK, Boss. On passe au plan B.

– Tu es certaine de toi ? Ça me paraît extrêmement risqué.

– C'est parce que tout le monde penserait que c'est impossible que ça va marcher, assura Helena.

– Je te fais confiance, murmura-t-il.

Tout en étant persuadé que ce « plan B » était une pure folie.

Chapitre 35

Depuis qu'il avait quitté le parc Zariadié, quelques heures auparavant, le lieutenant Azarov menait plusieurs batailles de front. Son portable ne cessait de sonner et il devait répondre à toutes les demandes de ses subalternes missionnés à travers Moscou, du centre de la ville jusqu'à l'aéroport. Dans sa poche, le cellulaire était en permanence agité de vibrations épileptiques, mais jusqu'à présent, l'officier du SFB ne pouvait que s'en féliciter : il était en passe de renverser une situation qui paraissait désespérée de prime abord.

Dmitri Azarov avait pris position aux abords de l'aéroport et attendait les rapports de ses troupes. On était toujours à la recherche de Justin Case, qui demeurait invisible – c'était à croire que l'Américain s'était évaporé dans l'église orthodoxe, mais le jeune milliardaire n'était pas la seule cible.

Le lieutenant avait obtenu depuis peu un lien lui permettant de remonter jusqu'à Vassili Golovine. En effet, l'homme de main que l'on avait retrouvé grièvement blessé dans le parc Zariadié avait été conduit à l'hôpital et interrogé sitôt qu'il avait repris connaissance. Conscient d'avoir été ramené à la vie par les policiers qui l'avaient pris en charge et de ne plus pouvoir se présenter devant son chef de clan, au risque de passer pour un traître et d'être aussitôt exécuté, il avait choisi de répondre aux questions des enquêteurs, en échange d'un programme de protection de témoins qui lui assurerait une sécurité relative et prolongerait son existence de façon significative.

Fort des allégations de ce témoin inespéré, Dmitri Azarov avait envoyé des troupes autour du repaire de Vassili Golovine. Avec pour ordre d'intervenir sans effusion de sang – dans la mesure du possible, compte tenu de la personnalité imprévisible du dirigeant mafieux.

La première bonne nouvelle lui parvint à ce propos : l'une de ses équipes rendit compte du succès de l'opération menée en toute discrétion au QG du redoutable chef de gang. Azarov soupira d'aise en savourant l'information.

Ses hommes avaient attendu à l'extérieur du bâtiment. Bien leur en avait pris : les lieutenants de Golovine étaient sortis groupés, pour prendre place à l'intérieur de plusieurs grosses berlines. Les policiers les avaient interceptés à quelques pâtés de maisons et les mafieux encerclés, comprenant que la messe était dite, avaient préféré se rendre plutôt que d'engager un combat perdu d'avance. Aucun d'entre eux n'opposa la moindre résistance. Nul ne chercha à alerter son redoutable employeur : la terrible promesse de Golovine de tous les décapiter était encore dans les mémoires. Ce fut même avec un certain soulagement que les tueurs se relevèrent eux-mêmes de leurs fonctions au sein du gang.

La prise du bâtiment occupé par Vassili Golovine fut moins aisée. Quelques mafieux fidèles tentèrent de résister en protégeant leur leader. Les assaillants ne firent pas de quartier et les gangsters périrent comme ils avaient vécu : les armes à la main.

Quant à Vassili Golovine, cédant à un nouvel accès de fureur en découvrant que son hôtel particulier était envahi, il chargea seul les forces de l'ordre, un pistolet-mitrailleur dans chaque main. Les policiers répliquèrent. Devant eux, Vassili Golovine faisait feu sans discontinuer, beuglant comme un diable tout droit jailli des abysses, insensible aux balles qui lui perforaient le torse et les membres. Il s'effondra comme une masse, sans lâcher ses armes. Sans doute était-il mort avant même de toucher le sol.

À l'exception de quelques blessures superficielles, on ne déplora aucun dommage du côté des forces de l'ordre et l'on se félicita de pouvoir enfin faire la une des journaux télévisés avec une large victoire de la police sur ses ennemis jurés. En démantelant le gang de Vassili Golovine, les hommes du lieutenant Azarov marquaient les esprits pour longtemps.

Oui, Dmitri Azarov pouvait se féliciter de ce succès qui serait porté à son crédit. Restait encore à régler l'épineuse question de l'Irlandais, ce trafiquant venu acheter des ogives nucléaires à Golovine.

Hélas, depuis que Justin Case avait mystérieusement disparu du parc Zariadié, on ne trouvait plus aucune trace d'Allistair Quinn. Azarov avait tourné le problème en tous sens. Quelles étaient les options de Justin Case ? On ne pouvait officiellement rien lui reprocher – il ne s'était rendu coupable d'aucun délit sur le sol russe. Il était, à l'évidence, venu prêter main-forte à l'Irlandais, mais encore fallait-il le prouver.

Azarov avait donc décidé d'attendre une erreur de la part du jeune Américain : si Justin Case se présentait avec Quinn, il serait simple de les arrêter tous les deux. Ce serait bien le diable, si l'on ne parvenait pas à les faire avouer leur complicité !

L'officier du FSB avait donné des ordres en ce sens : on n'interpellerait pas Case, s'il se présentait seul. En revanche, on ferait tout pour le retenir sur le sol russe et l'obliger à établir de nouveaux contacts avec ce maudit Irlandais.

La manœuvre avait partiellement fonctionné : Justin Case pensait pouvoir repartir, mais il n'avait pu embarquer. Son assistante, qu'on soupçonnait d'avoir exfiltré Quinn du parc Zariadié, avait pu monter à bord du jet privé. Elle décollerait bientôt vers les États-Unis sans demander son reste.

Que ferait alors Justin Case ?

Azarov ne tarderait pas à le savoir : il suivait le jeune homme sur le parking. Il le vit soudain éviter la file d'attente et bifurquer sur le côté pour faire signe à un taxi, qui l'embarqua et repartit aussitôt.

Dmitri Azarov s'étrangla de stupeur.

Avait-il bien vu ? L'Américain n'était pas monté sur la banquette arrière, il avait pris place à l'avant du véhicule.

Et le chauffeur était un géant...

Le lieutenant pressa furieusement son oreillette.

– Envoyez-moi une voiture sur le parking ! rugit-il. J'ai Justin Case en visuel, il est à bord d'un taxi et

Allistair Quinn est au volant !

Le véhicule de police banalisé arriva enfin. Azarov s'y engouffra et encouragea le pilote à écraser la pédale d'accélérateur. Le bolide partit en vrombissant, laissant une trace brûlée sur le macadam.

Azarov mit le cap sur Moscou, avant de s'apercevoir que le taxi avait disparu. Il fut d'abord frappé d'incompréhension. Si Justin Case ne filait pas se réfugier dans la capitale, cela signifiait qu'il avait bifurqué vers l'un des axes autoroutiers qui s'éloignaient de Moscou.

Quelle folie le poussait donc à effectuer une telle manœuvre ? Il ne comptait tout de même pas quitter la Russie à bord d'un taxi ? La seule solution envisageable était de trouver un avion qui...

L'idée s'imposa soudain à l'esprit d'Azarov. C'était un projet dément, comme seuls les Américains, abreuvés de films d'espionnage et de super-héros, pouvaient en concevoir. Mais le lieutenant Azarov en aurait mis sa main au feu : Justin Case allait tenter l'impossible !

L'officier saisit son portable et appela la base tactique. Il déclina son identité, son matricule et récita des codes d'identification puis, quand il obtint un responsable en ligne, lança l'ordre :

– Faites décoller un Sukhoi de toute urgence !

Des instructions suivront, j'arrive. Préparez une cellule de crise.

Il raccrocha aussitôt et demanda à son chauffeur de mettre le cap sur l'aéroport militaire. La voiture fit demi-tour au plus vite et repartit à tombeau ouvert.

Dmitri Azarov piaffait d'impatience. Il savait avoir percé à jour son arrogant adversaire et il était certain d'une chose : Justin Case ne gagnerait pas, cette fois.

Nul n'échappait à un pilote de l'armée russe, aux commandes de l'un des plus redoutables chasseurs du monde !

Chapitre 36

Le taxi roulait à vive allure sur l'axe autoroutier. Comme l'avait prédit Sonny Boy, la circulation était fluide à cette heure, sur cette portion rectiligne. Quinn gardait les mains agrippées au volant. Il transpirait d'abondance.

– Ça va ? s'inquiéta Justin. Vous tenez le coup ?

– Oui, répondit l'Irlandais. Les cachets que m'a donnés votre assistante font effet. Je n'avais rien pris d'aussi puissant depuis des années. J'étais dans les forces spéciales, à l'époque.

– Helena a toujours une solution, reconnut Justin avec un demi-sourire. Quand elle a vu votre état d'épuisement, elle a su ce qu'il fallait vous administrer.

– C'est une guerrière d'élite, fit Quinn sans quitter la route des yeux. Et je m'y connais !

– Effectivement, répondit Justin. Helena est... surprenante à bien des égards.

Il s'était emparé de son smartphone et entra en contact visuel avec Sonny Boy.

– On est bons, Sonic ?

– Tout est paré, annonça le hacker. Tu t'arrêtes dans deux kilomètres et tu fais comme on a dit.

– OK. On reste en contact.

Justin raccrocha, puis se tourna de nouveau vers l'Irlandais.

– J'ai une question, monsieur Quinn.

– Tout ce que vous voudrez.

– Pourquoi ne pas vous être présenté à l'ambassade, quand vous avez appris que les services russes étaient après vous ? C'est ce qu'on m'a conseillé de faire, pour trouver une solution, tout à l'heure.

Allistair Quinn eut une moue attristée.

– Parce qu'il faut avoir une existence légale, pour réclamer l'aide d'un service comme celui-là.

– Vous n'existez pas ? reprit Justin, intrigué par la réponse sibylline. C'est bien ce que vous êtes en train de me dire ?

– C'est exactement ça. *Allistair Quinn* n'existe pas. Enfin, pour être exact, il n'existe plus depuis une vingtaine d'années. Quand on travaille dans les forces spéciales, on est parfois amené à agir au-delà des limites de la légalité et...

Il s'éclaircit la gorge avant de poursuivre :

– Et il arrive un moment où on ne peut plus faire marche arrière. Matthew Slides me connaît sous ce nom, mais ils ne sont plus si nombreux à me savoir encore en vie. Ni à savoir qui je suis réellement et d'où je viens.

Il coula un regard de biais à Justin et ajouta :

– Ça vous fait sourire, jeune homme ?

Justin esquissa un geste d'excuse.

– N'allez pas croire que je me moque de vous, monsieur Quinn. C'est juste que... C'est la première fois de ma vie que j'ai l'occasion de discuter avec un fantôme.

Quinn apprécia la formule.

– Arrêtez-vous sur le côté, s'il vous plaît, fit soudain Justin.

– Ici ? s'étonna Quinn. Au milieu de nulle part ? Mais... Pourquoi ?

– Parce que c'est le plan, répondit Justin, et parce qu'on ne modifie pas un plan en cours de route.

Quinn gara le taxi sur le bord de la route. Justin en descendit aussitôt. Il ouvrit le coffre, en retira un bidon d'essence et s'éloigna du véhicule. Il laissa passer quelques véhicules, puis se plaça au milieu de la chaussée et s'appliqua à vider le bidon. Le liquide volatil se répandit sur le macadam en flaque huileuse. Justin Case sortit alors un briquet-tempête de sa poche, il l'alluma et le jeta vers la mare qui s'embrasa dans un grand « vlouf ! ».

Un mur de flammes s'éleva, barrant la route. Les voitures qui s'approchaient à vive allure effectuèrent des freinages d'urgence, dans des crissements de pneus stridents. Comme l'avait supposé le hacker, elles n'étaient pas assez nombreuses pour provoquer un carambolage. Les véhicules s'arrêtaient les uns derrière les autres et leurs chauffeurs en descendaient en pestant, contemplant le brasier avec des mines éberluées.

– Qu'est-ce que vous faites ? s'étrangla Quinn.

– Une balise, répondit Justin. Ou un signal de stop, appelez ça comme vous voulez.

– C'est une blague ? coassa l'Irlandais.

– J'ai l'air de plaisanter ?

– Mais pourquoi voulez-vous attirer l'attention ? Je pensais qu'on s'éloignerait de Moscou et qu'on trouverait un moyen de...

– C'est ce que nous avons fait, l'interrompit Justin. Quant à attirer l'attention, ne vous en faites pas, ça ne durera pas longtemps. Voilà justement notre pilote.

– Notre p..., s'étouffa Quinn. Mais qu'est-ce que vous me racontez à la fin ? Vous êtes devenu f...

Il ne put en dire davantage. Dans un vacarme assourdissant, le jet privé approchait. Helena, avec une maîtrise peu commune, rasa le mur de flammes et se posa sur l'axe routier. Les spectateurs, sortis de leurs véhicules, en demeurèrent abasourdis. Quinn lui-même était stupéfait.

– Ne traînons pas, voulez-vous ? lui lança Justin en s'élançant au pas de course vers l'avion qui les attendait quelques centaines de mètres plus loin. Je ne suis pas persuadé que cette manœuvre soit tolérée par le Code de la route russe, même si les policiers locaux sont assez ouverts d'esprit.

Chapitre 37

Allistair Quinn était dans un état proche de l'hébétude. Depuis qu'il avait pris place à bord du jet de Justin Case, la tension accumulée depuis des jours retombait brutalement et il était sur le point de sombrer. Avait-il rêvé les événements de ces dernières heures ? C'était tellement improbable ! Il avait côtoyé la mort à plusieurs reprises. Il avait échappé à deux tentatives d'assassinat, à une chute depuis le balcon d'un immeuble, à des tueurs mafieux lancés à ses trousses. Il avait même cru mourir quand cette jeune Asiatique avait braqué son Glock dans sa direction... pour abattre un mafieux qui s'apprêtait à lui tirer dans le dos sans sommation.

Allistair Quinn ferma les paupières. Au vrai, il devait beaucoup à cette jeune femme, ainsi qu'au dénommé Justin Case. Matthew Slides avait bien choisi...

Helena lui avait donné des pilules qui lui avaient permis de tenir le coup. Un hacker les avait également secondés depuis les USA. L'homme, dont Quinn n'avait pas retenu le nom, avait réussi à pénétrer dans les messageries russes.

C'est lui qui les avait alertés.

– Ils ne t'arrêteront que si tu es en présence de Quinn, avait-il prévenu. Ils ont averti l'aéroport : ton profil est signalé, tu ne passeras pas en zone d'embarquement, ils vont tout faire pour te maintenir en Russie et t'obliger à te montrer avec l'Irlandais. Quant à Quinn, ça n'est même pas la peine de tenter quoi que ce soit : à la seconde où il passera la porte de l'aéroport, il sera arrêté.

– Il n'y a aucune solution, s'était rembruni Justin Case. Nous sommes bloqués ici. À moins de faire intervenir l'ambassade...

Le hacker avait écarté cette possibilité.

– Ils sont positionnés autour de l'ambassade et vous attendent. Ça n'est pas de ce côté qu'il faut chercher. Mais j'ai peut-être une solution. Elle va te paraître risquée, mais c'est la seule qui peut marcher, au vu de la situation.

– Tout ce que tu voudras, avait répondu Justin Case. On n'a pas fait tout ça pour abandonner Quinn maintenant.

L'Irlandais n'avait pas entendu le reste de leurs échanges. Il avait vu que la jeune Asiatique et son employeur s'étaient entretenus à voix basse, puis qu'elle avait hoché la tête avec conviction.

Ils avaient ensuite appliqué à la lettre le plan proposé par le hacker. Justin Case avait proposé une petite fortune à un chauffeur de taxi pour disposer de son véhicule en jurant de ne pas l'endommager. Le propriétaire n'avait pas fait de difficultés – il empochait trois fois la valeur de sa voiture. Quinn avait pris le volant. Il s'était arrêté à une station-service pour remplir un jerrycan d'essence à la demande expresse de Justin Case, puis il avait déposé les deux jeunes gens à l'aéroport. Il était ensuite allé se garer à l'écart, afin de ne pas être demandé par tout autre que Justin Case. La suite, il l'avait découverte à mesure que s'enchaînaient les événements.

« On se croirait dans un roman ! » se dit-il derrière ses paupières closes, sans parvenir à se persuader qu'il était sorti d'affaire.

Un cri de détresse en provenance du cockpit mit un terme à sa rêverie. Allistair Quinn se redressa en sursaut.

– Qu'est-ce qui se passe ? balbutia-t-il.

Justin Case, l'air grave, s'était levé pour rejoindre le poste de pilotage.

Helena maintenait son avion au ras du sol, effectuant des manœuvres impossibles pour demeurer hors d'atteinte des radars. Elle espérait ainsi quitter l'espace aérien russe dans les plus brefs délais.

– Qu'est-ce qui t'arrive ? demanda Justin. Ne me dis pas qu'on a un problème technique...

– Non, répondit Helena, c'est bien plus grave que ça.

Justin interrogea du regard le copilote qui, livide, lui indiqua un écran radar, sur lequel un point clignotant se rapprochait à vive allure du centre.

– Mig, ou Sukhoi, au vu de l'allure, commenta Helena, lugubre.

– C'est-à-dire ? fit Justin.

– C'est un avion de chasse, répondit le copilote. Il est beaucoup plus rapide que nous. Nous n'avons aucune chance de nous échapper.

– Il sait qui nous sommes ?

– Il aura identifié la balise, lâcha Helena sans quitter des yeux la trajectoire du jet.

– Il va faire des sommations, non ? demanda encore Justin. Il va nous obliger à nous poser.

– Non, intervint Allistair Quinn qui venait de les rejoindre. Il a des ordres. S'il avait dû lancer des sommations, ce serait fait. *Il va nous descendre.*

Chapitre 38

Le pilote du Sukhoi n'avait eu aucune difficulté à repérer le jet privé qui volait à très basse altitude dans l'espoir d'échapper aux radars. Il effectua quelques réglages et l'ordinateur de bord eut tôt fait de verrouiller la cible.

Quand les signaux lumineux s'allumèrent sur l'écran de contrôle pour signaler à l'aviateur que sa proie ne lui échapperait plus, il fit basculer le capuchon de protection en tête de manche et posa son pouce sur le bouton de commande du tir.

– Faucon à base, déclara-t-il. Objectif verrouillé. En attente de la confirmation de l'ordre pour faire feu.

Devant lui, le jet privé effectuait de pathétiques manœuvres pour se soustraire à la poursuite. À bord du Sukhoi, le militaire admirait les tentatives, qui démontraient que celui qui tenait les commandes possédait remarquablement son sujet. Hélas, toutes ces gesticulations étaient dérisoires : une fois la cible verrouillée par les ordinateurs de bord, les missiles de dernière génération des chasseurs russes ne manquaient jamais leur but.

Sans état d'âme, le pilote attendait l'ordre de faire feu.

Ça n'était pas un avion civil qui allait lui échapper...

Chapitre 39

Dans la cabine de pilotage du jet privé, la tension était à son comble. Helena, les joues creusées par l'appréhension, avait poussé l'avion jusqu'à ses limites. Elle entreprenait maintenant de le balancer d'une aile sur l'autre. Le jet oscillait comme un avion emporté par la tempête.

– Ça ne sert à rien, déclara le copilote. Le Sukhoi nous a sûrement verrouillés. On ne pourra pas échapper à son tir. Notre seule chance, c'est de nous poser en urgence...

Helena ne lui répondait pas. Elle restait les mains crispées sur le manche à balai de l'appareil.

Justin pouvait voir blanchir les jointures de ses phalanges.

– Helena, souffla-t-il. Dis-moi qu'on va s'en sortir. Il y a forcément un moyen...

La jeune Asiatique ne répondit pas.

Justin s'empara de son smartphone et composa le numéro de Sonny Boy. Ce dernier décrocha aussitôt.

– Je vous suis sur mes écrans, haleta-t-il. J'essaye de pirater l'ordinateur de bord du Sukhoi, mais je n'y arrive pas pour le moment. Il me faut un peu plus de temps...

– On n'en a pas à t'offrir, fit Justin. Tu crois que tu vas y arriver, Sonic ?

– Aucune idée, gémit le hacker. Mais je te jure que je fais le max...

– Je sais, Sonic. Je sais.

Justin n'eut pas le cœur de raccrocher.

Le jet privé tanguait toujours d'un bord sur l'autre.

Chapitre 40

Dmitri Azarov se trouvait dans l'une des salles de la base aérienne, qu'on avait transformée pour l'occasion en cellule de crise. Sur des écrans radars, on avait pu suivre la trajectoire du chasseur, puis celle du jet privé de Justin Case. Deux points lumineux sur l'écran, qui s'étaient rapprochés au point de ne plus faire qu'un.

À présent, on disposait également sur un écran vidéo géant de la vision du pilote du Sukhoi. Depuis le cockpit du chasseur, on distinguait en contrebas la silhouette fuselée du jet privé de Justin Case, qui semblait ballotté par les vents.

– Manœuvres inutiles, commenta l'officier en charge de la base. Il n'a aucune chance d'échapper au missile.

Le lieutenant Azarov avait senti son cœur s'emplir de joie à l'idée de remporter enfin la partie. Il se faisait l'impression de tenir Allistair Quinn et Justin Case – ces Américains arrogants qui l'avaient promené pendant des heures ! – au creux de sa main. Les deux fuyards n'étaient plus rien, à présent. Il pouvait les faire disparaître d'un claquement de doigts.

La voix métallique du pilote du Sukhoi leur parvint à travers les haut-parleurs disposés de part et d'autre de la salle.

– Faucon à base, disait l'aviateur. Objectif verrouillé. En attente de la confirmation de l'ordre pour faire feu.

Azarov avait tenu à partager son triomphe avec son supérieur hiérarchique. Il avait appelé Ievgueni Kouriakine. Il était toujours en train de parler à Kouriakine, quand la voix du pilote du Sukhoi se fit à nouveau entendre :

– Faucon à base, déclara-t-il. En attente de la confirmation de l'ordre pour faire feu. Confirmez ordre. Je répète : confirmez ordre.

Dmitri Azarov attendait une réaction du commandant Kouriakine, mais ce dernier restait étrangement mutique.

– Mon commandant ? insista Azarov. Avons-nous le feu vert ?

– Objectif verrouillé, répétait le chasseur. Confirmez ordre de tir.

Azarov se mordit l'intérieur des joues.

Que se passait-il ?

– Abandonnez, ordonna soudain Ievgueni Kouriakine, avec un évident regret dans la voix.

– Quoi ? s'écria Azarov qui craignait d'avoir mal compris.

– J'ai dit : ABANDONNEZ ! rugit Kouriakine. C'est un ordre !

Dmitri Azarov en demeura estomaqué une poignée de secondes, puis il tendit une main fébrile vers le système audio de la salle de contrôle. Il ressemblait à un boxeur groggy, mais toujours debout après la défaite, quand il contacta le pilote du Sukhoi.

– Base à Faucon, articula Azarov. Abandonnez.

– Répétez, fit la voix métallique du pilote dans les haut-parleurs.

– Abandonnez, répéta Dmitri Azarov. Vous pouvez rentrer à la base.

– Bien reçu, répondit le pilote. Je décroche.

Dans la salle de commandement, les divers intervenants étaient comme frappés d'hébétude. Quelle mouche avait piqué Ievgueni Kouriakine, pour qu'il laisse ainsi filer un trafiquant de plutonium ?

Azarov quitta la base sans un mot. Il monta à bord de la voiture de service et ordonna :

– Bureau du commandant Kouriakine.

Il trouva Kouriakine derrière son bureau. Azarov effectua un salut martial et attendit qu'on daigne lui dire de s'asseoir.

– Beau travail, commença Kouriakine en lui indiquant la chaise.

Dmitri Azarov prit place sans desserrer les mâchoires. Il n'avait même pas fait l'effort de remettre son uniforme d'officier et se présentait en civil chez le commandant.

– Certes, poursuivit Kouriakine, vous avez dû laisser s'enfuir le jeune milliardaire...

– Laisser s'enfuir l..., s'étouffa Azarov. Mais c'est VOUS qui m'avez donné l'ordre de...

Le commandant Kouriakine lui intima le silence d'un geste autoritaire.

– Ne franchissez surtout pas les limites, lieutenant Azarov ! lâcha-t-il sur un ton rogue. Laissez-moi finir, j'entendrai ensuite vos éventuelles remarques.

Azarov se redressa et croisa les bras. Il plongea les yeux dans ceux de Kouriakine et ne bougea plus un cil.

– Vous avez dû laisser s'enfuir le jeune milliardaire, reprit Kouriakine, mais vous AVEZ BIEN FAIT. De plus, vous avez apporté la tête de Vassili Golovine sur un plateau d'argent, en évitant aux contribuables moscovites les frais d'un procès interminable. En cela, le Kremlin tient à vous féliciter. Sachez à ce propos que j'appuierai personnellement une demande d'accession au grade supérieur, car vos états de service remarquables vous y autorisent.

– Merci, mon commandant, déclara Dmitri Azarov. Je vous en suis reconnaissant.

Tout, dans son ton et sa mine, démontrait le contraire, mais le commandant affecta de ne pas s'en apercevoir.

– Vous avez des questions ? demanda-t-il enfin.

– Oui, mon commandant. Pourquoi n'avoir pas donné l'ordre de tir ?

– Parce que je n'ai pas reçu le feu vert du Kremlin, soupira Kouriakine.

– Pas reçu le feu vert ? reprit en écho Dmitri Azarov. Mais ? Pourquoi ? Tous les éléments étaient réunis pour...

Kouriakine eut un geste empreint de lassitude.

– Parce que le Président a décidé de privilégier certaines actions politiques, depuis quelques mois. Le Kremlin a fixé de nouveaux objectifs...

et la possibilité de réintégrer le G8[1] en est un.

– Le G8 ? Je ne comprends pas. Il s'agissait d'arrêter un trafiquant de plutonium !

– Je le sais aussi bien que vous, lieutenant ! s'emporta Kouriakine. Ce n'est que de la tactique politique et ce type de manœuvres ne peut pas souffrir d'incidents internationaux ! Tuer un trafiquant ne nous aurait pas porté préjudice. En revanche, éliminer un jeune milliardaire qui fait la une des journaux people du monde entier, voilà qui aurait été catastrophique, à l'heure où notre Président tente de renouer des liens avec la plupart des grandes puissances de l'Ouest. Vous me suivez ?

Le lieutenant Azarov acquiesça en silence.

Son supérieur était furieux contre la hiérarchie, plus sensible à la politique qu'aux affaires intérieures...

– Voyons le bon côté des choses, reprit Kouria-

---

1. Le G7 est un groupe de partenariat économique, qui réunit l'Allemagne, le Canada, les États-Unis, la France, l'Italie, le Japon et le Royaume-Uni. Le sommet du G7 réunit chaque année les chefs d'État ou de gouvernement de ces pays. La Russie a intégré le G7 (devenu à ce moment-là le G8) en 1997, mais suite à son annexion de la Crimée elle en a été suspendue en 2014, avant de se retirer en 2017.

kine. Vous avez, au final, permis l'élimination d'un dangereux criminel, dont vous avez démantelé le gang. Et vous avez évité un scandale international en ne donnant pas l'ordre d'abattre l'avion de ce Justin Case. Vous prendrez du galon sous peu.

Un silence, puis Kouriakine poursuivit :

– Vous pouvez disposer.

Dmitri Azarov effectua un salut raide, avant de pivoter pour se diriger vers la sortie. Il n'avait pas fermé la porte du bureau, quand la voix du commandant Kouriakine lui parvint :

– Bien entendu, vous annulez tous les ordres visant à éliminer les contacts de Quinn aux États-Unis. Je compte sur vous, lieutenant. Il serait dommage qu'une bavure vienne ternir nos succès.

– À vos ordres.

Dmitri Azarov dut se faire violence pour ne pas claquer la porte de toutes ses forces. « Nos succès ? » Kouriakine ne manquait pas d'air, pour s'attribuer de la sorte les résultats obtenus par ses subalternes !

Dmitri Azarov se rendit en salle de commandement et fit passer les ordres. On contacta aussitôt les forces spéciales en déplacement aux États-Unis.

Azarov s'en retourna chez lui, avec la ferme intention de s'accorder quelques heures de repos. Il songea à cet inconnu qu'Allistair Quinn avait appelé à l'aide. Comment s'appelait-il, déjà, celui qui avait envoyé Justin Case ?

Azarov ne s'en souvenait pas.

Il espéra que ses hommes n'étaient pas parvenus à leurs fins...

Et puis il eut un haussement d'épaules fataliste.

Qu'est-ce que ça pourrait bien changer, après tout ? Les affaires de politique étrangère ne le concernaient pas : il était payé pour assurer la sécurité intérieure de son pays. De plus, qui le blâmerait pour avoir exécuté un ordre direct de son supérieur hiérarchique ?

Cette fois, Dmitri Azarov émit un grognement satisfait.

Rien ni personne ne pourrait l'empêcher d'obtenir les galons de capitaine... et peut-être serait-il le premier à avoir tenu tête au commandant Kouriakine ?

Il sourit aux anges.

La vie était belle.

Chapitre 41

Dans la cabine de pilotage du jet privé, le soudain décrochage du chasseur avait d'abord causé la stupeur. On observait, sur l'écran radar, le point lumineux qui s'éloignait. Quand il eut tout à fait disparu, une explosion de joie emporta tous les passagers de l'appareil.

Justin s'empara de son smartphone et établit le contact visuel avec Sonny Boy.

– Tu y es arrivé ! Tu as piraté l'ordinateur de bord du Sukhoi !

– Je n'y suis pour rien, affirma le hacker.

– Qu'est-ce que tu racontes ? Pourquoi est-il reparti ? Il allait tirer…

– J'ai juste compris que l'ordre venait de la base, avoua Sonny Boy. Je n'avais pas eu le temps de prendre le contrôle de ses missiles.

La nouvelle paralysa a posteriori Justin, qui éprouva le besoin de retourner à son fauteuil où il se laissa choir, les jambes en coton.

Helena avait abandonné les commandes. Son

copilote, trop heureux de pouvoir prendre de la hauteur, filait vers New York en vitesse de croisière.

– Bienvenue dans l'espace aérien international ! fit la jeune femme en prenant place dans le fauteuil voisin. Nous ne risquons plus rien, à partir de maintenant.

Elle lui adressa un sourire harassé, puis ajouta :

– On a eu chaud, Boss. Très chaud...

Justin restait silencieux. En se rendant à Moscou, il ne pensait pas passer si près d'une fin terrible. Il entra des codes sur le clavier de son ordinateur et retrouva la liaison avec Sonny Boy et Matthew Slides.

– Bravo, les enfants ! les félicita le dandy. Vous avez été brillants !

– J'espère que ça en valait la peine, grommela Justin.

– Je vous dois une fière chandelle, intervint Allistair Quinn.

– Tu nous dois surtout quelques explications, fit Slides.

– Tu les auras dès que nous serons à New York. J'ai des informations que tu sauras apprécier.

– Tu peux parler devant Justin, Helena et Sonny Boy, coupa le dandy. J'ai toute confiance en eux. Et je n'ai aucun secret pour mon filleul.

L'Irlandais se massa la nuque.

– C'est une foutue longue histoire, commença-t-il pour tenter de se soustraire au périlleux exercice.

– Aucun problème, répliqua Slides. Le vol va durer une dizaine d'heures. Commence tout de suite et vous aurez probablement du temps pour vous reposer.

– Tu es certain que je peux tout dire ? insista Quinn, non sans réticence.

– Absolument.

L'Irlandais prit une profonde inspiration.

– Très bien, dans ce cas, allons-y. Mon vrai nom est bien Allistair Quinn. Je suis connu à travers le monde sous différents patronymes. Autrefois, j'ai fait la connaissance de Matthew Slides dans l'armée. Nous étions jeunes et idéalistes. Nous avons intégré les forces spéciales et nous avons mené quelques opérations ensemble.

Justin ouvrit la bouche mais fut incapable de prononcer un mot. Il lança un regard en direction de l'écran et son parrain lui offrit un demi-sourire, avant de confirmer l'information d'un bref mouvement de tête.

Justin Case en demeura médusé. Matthew ? *Dans les forces spéciales ?*

– Comme tu le sais, intervint le dandy, j'ai eu

plusieurs vies. Dont celle-là. Il fallait bien que tu l'apprennes un jour.

– Mais votre parrain a toujours eu des principes, poursuivit l'Irlandais. C'est pourquoi il a démissionné. Il refusait de franchir certaines limites. Ça n'était pas mon cas. J'ai donc continué à effectuer des actions à l'étranger, pour servir mon pays. J'ai participé à diverses manœuvres en coopération avec l'Agence[1]. Dans ce cadre, j'ai franchi plusieurs fois la ligne – vous savez, cette ligne invisible qui sépare le Bien du Mal –, mais toujours pour accomplir les missions qui m'étaient assignées... et parce qu'on m'avait expliqué que c'était au service des États-Unis.

– Mais comment en es-tu arrivé à trafiquer du plutonium ? demanda Matthew, tant la question lui brûlait les lèvres. Comment as-tu pu franchir cette ligne-là, Allistair ?

L'Irlandais esquissa une mimique triste.

– Il aura fallu que je tombe bien bas dans ton estime pour que tu me croies capable de cela, mon vieil ami ! En réalité...

---

1. C'est le surnom de la CIA (pour Central Intelligence Agency), qui est chargée de la plupart des opérations clandestines hors du sol américain. Certaines de ces opérations franchissent allègrement le cadre de la légalité. La CIA recrute parfois des agents civils.

Il réfléchit un moment, avant de reprendre, d'une voix rocailleuse :

– En réalité, j'avais pris ma retraite depuis des années. Une retraite forcée, après que j'ai refusé de participer à l'un de leurs projets. Ces gars de l'Agence... certains se conduisent comme des chiens. Ils se servent de toi, ils t'usent jusqu'à la corde et puis ils te jettent, un jour, sans éprouver ni remords ni regrets. Comme j'avais commis des délits et que ma tête était mise à prix dans plusieurs pays, la seule chose que l'Agence a consentie, c'est de me donner une nouvelle identité. C'est comme ça qu'Allistair Quinn est mort. Et qu'on l'a enterré.

La voix de l'Irlandais n'était plus qu'un grondement sourd. Il tendit la main vers le bar, se servit un grand verre d'eau et le vida d'un trait.

– L'Agence était claire : je ne devais plus jamais réapparaître. Si je me montrais, si quelqu'un m'identifiait, la protection tombait. On m'aurait livré en pâture à ceux qui voulaient ma tête. C'était... comme être en sursis quand on est condamné à la peine capitale. Je vivais seul, loin des miens. J'étais isolé depuis tellement longtemps que lorsque cet homme de l'Agence est venu me proposer une dernière mission, je l'ai écouté. J'y ai vu l'occasion d'une vraie rédemption. Je pouvais racheter mes erreurs du passé en menant une ultime action.

– En achetant du plutonium ? fit Justin avec méfiance.

L'Irlandais secoua la tête dans la négative.

– Il n'était pas question d'organiser un trafic de plutonium, mais au contraire de démanteler un réseau mis en place depuis des mois par le gang d'un dénommé Vassili Golovine. Mon travail consistait à entrer en contact et à tout faire pour éliminer ce Golovine : obtenir sa tête, c'était mettre un terme au trafic.

Slides étudiait avec gravité le visage de son ami, à la recherche d'un indice. Il voulait savoir, lever le voile insidieux du doute – Quinn était-il toujours un homme bien, luttant contre ses parts d'ombre... ou bien avait-il choisi de s'abandonner aux ténèbres ?

– Pour cela, il fallait se mettre en danger. Contacter Golovine, ouvrir un compte en banque et disposer d'une véritable fortune. Proposer un marché, localiser le plutonium... et s'arranger ensuite pour être découvert par les services de renseignements russes. Dans ce dessein, j'ai contacté Sergeï Blokhine. Je l'avais croisé par le passé, je savais qu'il était parfaitement capable de gérer la situation.

Sa voix se brisa sous le coup de l'émotion et il dut marquer une pause, avant de se ressaisir.

– Si j'avais su ce qui attendait Sergeï, poursuivit-il, jamais je ne l'aurais mêlé à cette histoire. Je n'ai pas accepté la mission tout de suite. Je ne m'en sentais plus capable. Comme je vous l'ai dit, je vivais loin d'ici. J'avais reconstruit une existence.

Il s'interrompit à nouveau, grimaça et corrigea :

– Enfin… un *semblant* d'existence, mais j'étais tranquille. Je ne dormais plus avec une arme sous mon oreiller, je pouvais aller faire les courses sans être accompagné d'un garde du corps. Mes filles me manquaient terriblement, mais elles pensaient depuis des années que j'étais mort – l'Agence avait bien fait les choses, pour qu'elles ne soient plus jamais inquiétées – et mieux valait ne pas chercher à les contacter. Quand ce type de l'Agence est venu me voir, il a insisté. Il m'a parlé du pays, de mon devoir de soldat, j'étais le gars idéal, je pouvais mener cette mission. Et puis il m'a promis d'effacer mon ardoise, de faire en sorte que plus personne ne réclame ma tête. Il m'a montré les papiers qui me garantissaient la possibilité de retrouver une existence légale. Il m'a dit que je pourrais reprendre ma vie d'avant, qu'Allistair Quinn pouvait revenir d'entre les morts, qu'on effacerait son passé, qu'il n'aurait jamais travaillé pour l'Agence. Il m'a même donné de nouveaux papiers, avec mon vrai nom. J'ai pensé à mes filles…

Pour la première fois, Justin perçut de la détresse dans la voix de l'Irlandais. Le jeune homme en fut persuadé : Quinn ne jouait pas un rôle. Il avait enfin fait tomber l'armure, se libérait de la gangue de mensonge dans laquelle il s'était réfugié pendant des années.

Quinn avait joint les mains. Il se tenait penché, coude sur les cuisses, et fixait un point invisible.

– Je suis parti pour la Russie, acheva-t-il enfin. J'ai effectué le travail qu'on m'avait proposé. J'ai fait en sorte que Vassili Golovine soit identifiable, que les services de police puissent intervenir. Quand les mafieux se sont lancés à ma poursuite, comme prévu, et que le FSB s'est mis sur ma trace, j'ai su qu'il fallait que je quitte la Russie sans tarder, si je ne voulais pas disparaître. J'ai appelé un contact à l'ambassade mais personne ne m'a répondu. J'ai cherché à appeler l'Agence. On m'a alors fait comprendre que j'étais seul, que personne ne m'aiderait. Que je n'existais pas. Que je ne pouvais pas disparaître si j'avais DÉJÀ disparu. J'ai compris que je m'étais fait piéger, que je devais m'en tirer seul, que je n'obtiendrai ce qu'ils m'avaient promis qu'en retournant aux États-Unis par mes propres moyens. J'ai compris que si je venais à mourir au cours de cette dernière mission, ça arrangerait tout le monde. Surtout si, par la même occasion, je parvenais à faire tomber Vassili Golovine !

Il releva le nez et chercha le regard de Matthew Slides.

– Alors je t'ai appelé, parce que je savais que toi, au moins, tu ne me laisserais pas tomber.

Allistair Quinn laissa errer ses yeux. Il passa de Slides à Helena, salua Sonny Boy d'un mouvement du menton et s'arrêta sur Justin.

– Merci de m'avoir ramené d'entre les morts.

– Remerciez Matthew, répondit Justin. Sans lui, nous ne serions pas là.

– Je n'y suis pour rien, se défendit Slides. Quinn ?

– Oui, Matthew ?

– Si l'Agence t'a abandonné, que vas-tu devenir ?

Allistair Quinn plongea la main dans la besace de cuir qui ne le quittait pas et dévoila une liasse de papiers soigneusement pliés.

– J'avais exigé les documents signés, en bonne et due forme, avant de partir. Tout est là, avec le nécessaire pour retrouver ma véritable identité. Je vais repartir. Trouver un endroit calme. Et éviter à l'avenir de relever des défis qui ne sont plus de mon âge.

Justin posa une main sur l'épaule de l'Irlandais.

– Il faut vous reposer, maintenant.

Quinn réitéra des remerciements. Il se leva et

rejoignit le fauteuil inclinable qu'Helena lui désignait. Il ferma les yeux et, rompu de fatigue, ne tarda pas à sombrer.

Justin salua Sonny Boy, qui mit un terme à la communication sur un ultime :

– Moi aussi, je vais me coucher. On ne dirait pas, mais c'est usant, vos petites soirées !

Après avoir salué Slides, Helena rejoignit la cabine de pilotage. Justin lui sut gré de sa sollicitude – la jeune femme le laissait conclure en tête à tête avec son parrain.

Justin et Matthew échangèrent un long sourire. Ils se regardaient sans un mot. Le jeune homme céda le premier, il rompit le lourd silence :

– Les forces spéciales, Matthew ? Tu ne m'en avais jamais parlé !

– Peut-être n'avais-je pas envie d'évoquer une partie de mon passé que je ne peux renier... mais dont je ne suis pas fier.

– Tu me raconteras ?

– Il y a tant de choses que je ne t'ai pas encore racontées, cher Justin ! Tu apprendras cela, l'âge venant : la vie n'est faite que de surprises.

Ils échangèrent un nouveau long sourire complice. Cette fois, ce fut le dandy qui choisit de parler le premier :

– Merci pour Quinn. C'est bien, ce que tu as fait.

– Il fallait le faire, c'est tout, fit Justin.

Avant d'ajouter :

– Maintenant, vieux cachottier, va dormir ! On se retrouve à Manhattan, dans quelques heures !

Matthew Slides se fendit d'une révérence comique.

Justin sursauta : un pistolet était apparu dans la main de son parrain. Fier de son effet, le dandy explosa de rire.

– Ne sous-estime jamais un vieil homme qui possède un Oudav !

Sur ces mots, il coupa la communication.

Justin Case s'installa dans son fauteuil, qu'il inclina. Il réduisit la luminosité à l'intérieur de la cabine et pressa le bouton de communication.

– Oui ? fit Helena. Que puis-je pour vous, monsieur Case ?

– Pour moi, plus rien. Mais pour toi, tu peux encore : viens dormir un peu. Tu dois être épuisée.

– À vos ordres, monsieur Case !

Justin ferma les paupières.

Le jet privé filait dans la nuit, à la poursuite du soleil qui ne tarderait pas à se lever, une fois de plus, sur Manhattan.

Épilogue

Un vieil homme arpente la bibliothèque de son grand appartement de Manhattan. Il a ôté les bagues qui d'ordinaire lui alourdissent les doigts – ces têtes de mort qui ricanent, ces monstres grimaçants –, et caresse le dos de livres à reliure de cuir. Il s'arrête un instant sur des recueils initiatiques, hésite à saisir un roman classique, flâne encore un peu entre les rayonnages. Il aime ses livres, en prend un soin maladif. Les ouvrages sont classés par genre, puis par ordre alphabétique d'auteurs. Certes, il n'y a aucune originalité dans ce classement, mais il aime pouvoir retrouver un titre pour le consulter chaque fois qu'il en ressent le besoin. Un « impérieux besoin » : ainsi le vieil homme qualifie-t-il la lecture. C'est pour lui une nécessité, une part importante de son existence. Dans la solitude des mots, la sensualité du livre que l'on tient dans une main, tandis que de l'autre on effeuille ses pages, on vit pleinement. On rêve et l'on réfléchit à la fois. On est enfin soi.

Le vieil homme est fatigué d'avoir si longtemps

veillé. Usé par un trop-plein d'émotions, de sentiments contradictoires, de surprises qui l'ont fragilisé. Il sait avoir besoin de sommeil et s'en accordera bientôt, mais il éprouve cet « impérieux besoin », à l'instant, de lire quelques lignes, comme pour se laver l'âme et le cœur. Comme l'on va s'abandonner sous le jet brûlant de la douche, après une intense séance de sport, pour délasser ses muscles endoloris et ne plus ressentir que le plaisir et la fierté de l'effort accompli.

– De la poésie, murmure-t-il, bien sûr !

Il avise le dos craquelé d'un recueil de poèmes de Rudyard Kipling, tend la main, n'achève pas son geste et remonte le long du rayon pour s'arrêter devant des livres de René Char. Il en saisit un au hasard, s'étonne d'avoir choisi le plus fin – ce n'est qu'un petit fascicule, dans lequel l'éditeur a compilé quelques citations.

Il l'ouvre, lit la première phrase et son visage s'illumine :

« Il n'y a que deux conduites avec la vie : ou on la rêve, ou on l'accomplit », affirme le poète.

Matthew Slides sourit et referme le cahier en adressant des remerciements muets à l'auteur qui, par-delà la mort, sait transmettre du bonheur à celui qui le lit.

Matthew Slides se répète la phrase. Il songe à son ami Allistair, à sa sérénité retrouvée. Il songe à Justin Case, aux regards qu'ils ont échangés quand le jeune homme a découvert une facette plus sombre de son parrain.

Il est finalement soulagé que tout cela soit arrivé.

Il est fatigué, mais heureux.

Ce soir, le vieux dandy va trouver le sommeil.

À PARAÎTRE
CHEZ FRENCH PULP ÉDITIONS

COLLECTION YOUNG ADULT

Justin Case, Terminus New-York City,
Jean-Luc Bizien, 2020

FRENCH PULP ÉDITIONS
NOTRE IDENTITÉ

Qu'est-ce que French Pulp ?

Pulp, comme ces feuilletons d'autrefois, ces romans qui depuis des siècles remplissent notre imaginaire de détectives durs à cuire, de femmes fatales et d'espions nonchalants, de héros familiers. Du roman noir à la saga familiale en passant par le space opera, ils ont donné naissance à une littérature dynamique et généreuse, qui fait aujourd'hui le bonheur de tous grâce à des textes fluides et percutants.

French, car il existe une école française de cette littérature. Pop, addictif, son patrimoine mérite d'être défendu et son avenir renouvelé. C'est la mission que se donne French Pulp, qui publie à la fois des œuvres cultes de la littérature française dite *de gare* (G.-J. Arnaud, André Lay, Francis Ryck...), mais aussi de nouveaux auteurs, uniquement francophones, amenés à renouveler un genre habitué aux succès.

Mais pourquoi un nom anglais ?

Un nom anglais pour une maison qui défend la langue française, est-ce bien raisonnable ? La meilleure défense n'est-elle pas l'attaque ? Pour défendre notre langue et diffuser nos auteurs à l'étranger, ce nom en forme de clin d'œil annonce la couleur : tremblez, thriller, best-seller et autres *feel-good book* ! Chez French Pulp, tous nos auteurs ont vocation à être traduits et diffusés dans le monde entier afin de faire rayonner notre culture pop.

Une maison d'édition engagée

Ces livres que vous lisez debout dans le métro, que vous ne pouvez pas lâcher le soir avant de vous endormir, qui résistent au soleil et à la plage, vous n'êtes pas les seuls à les dévorer : chaque mois, nos nouveautés seront parrainées, à travers un avant-propos, par des personnalités elles aussi subjuguées par le suspens, le merveilleux ou encore la modernité de ces histoires. Et comme chez French Pulp nous croyons dans l'engagement, à cette nouvelle société participative qui s'ouvre à nous, pour chacun des coups de cœur de nos personnalités, une partie des bénéfices tirés de l'ouvrage ira directement à l'association de leur choix.

Direction

Nathalie Carpentier

Retrouvez French Pulp éditions
en ligne :
www.frenchpulpeditions.fr

Et sur les réseaux sociaux :
www.facebook.com/frenchpulpeditions
www.twitter.com/frenchpulp
www.instagram.com/frenchpulpeditions
https://www.youtube.com/channel/
UC3g4ZALp6eyg-tXXwmTWCXQ

Achevé d'imprimer en octobre 2019
sous les presses de Présence Graphique à Monts (37)
pour le compte de French Pulp éditions

Dépôt légal : novembre 2019 - N° d'impression : 101964465

Imprimé en France